アワヨンベは大丈夫

装画・扉画　我喜屋位瑳務
装丁　名久井直子

アワヨンベは大丈夫　目次

III

I

文才って

今まで口に出して言ったことはないが、恥を忍んで打ち明ければ私は文章でお金をもらいたいと思っている。

私にとって「文章でお金をもらいたい」と言うことは、今のところ、不特定多数に向かって「誰か助けてー!」と叫ぶくらいハードルが高い。不意に高田馬場駅のホームで痴漢を捕まえた時のことを思い出す。逃げようとする痴漢に引きずられながら「助けてください!!」と叫んだが、誰も助けに来てはくれなかった。列車が私の荷物だけを乗せて目白駅へ走り出す。午前8時の絶望。今回も同じことが起きたらどうしよう。意気揚々とnoteに決意表明してなんの反応もなかったら超恥ずかしい。こうやって、自分のしたいことを躊躇いなく口にすることは成功への近道に違いない。周りの器用な人たちはそうやって人脈を広げておぜぜを稼いでいる。私もそうなりたい。

先日、何の気無しに鳩を頭に乗せた写真をアップしたら予想外に大バズりして、マイナビニュースにまでなってしまった。これ幸いとnoteのリンクを鳩の足にくくりつけてみると、拙文への反応をいくつか頂くことができた。

「わかりやすい」

「おもしろい」

「文才がある」

文才。文才ってなんだろう。この言葉には以前から少なからず疑問を抱いていた。もちろん「文才あるね」と褒められることは嬉しい。でも、それと同時に「小説家に文才あるねとは言わないよなぁ」とも考える。

小説家に文才があるのは前提なので、みんな小説家の文才は誉めない。文才があるという褒め言葉には少なからず容姿や振る舞いと比較した結果のギャップが含まれているのではないだろうか。らしからぬということ。無口のユーモア、ギャルの静謐、コメディアンの哲学。そういうらしからぬものが文章として表れたとき、人は「文才があるね」と口に出すのだと思う。

私は小さい頃から言葉に執着があった。見た目が外国人だし、通りすがりに「外国人だ。気持ち悪りぃ」と言われたこともある。それでも日本語しか解らなかったし、日本語が好きになった。ほんの少しだけ憎んでいるのかもしれない。言葉がわからないと決めつけてからかってきた連中が、到底書けないような美しい文章が書けたら、私は気が済むのかもしれない。一時期はそう思っていたけど、最近になって、やっぱり好きなんだなと思う。

それに、合唱団に10年近く所属していたことも影響していると思う。美しい音に美しい言葉が重なる瞬間が、少女時代の私の心を何よりも動かした。今でも風呂場で歌を歌ったりしていると夢中になってシャンプーを3回したりしてしまう。音楽がなくても、言葉にはリズムがあって、色があって、メロディがあると感じる。

言葉はツールだ。言葉には情報を凝縮する役割がある。凝縮することで人類はより多くの情報を簡潔に伝えることができるようになった。でも、物書きはそれを台無しにするためにいるべきだと思う。情報を圧縮するのが言葉の役割なら、それをもういちど分解して並べて組み立て直すことが「文章を書く」ってことなのではないか。

これねくり回して放り投げて飾りつけて、役立たずのガラクタにする。その魅力が文才の有無。これも文才という言葉が孕んだギャップなのかもしれない。と、勝手に納得してみる。

オール・アイズ・オン・ミー

カラフルトマトのカプレーゼ。お客さまのテーブルまで持って行って、料理名を言おうとした私の声を、大きな低い声が遮った。

「あんた、日本人じゃないだろ。どこから来たんだ?」

私は、言いかけた口をいちど閉じ、それからまた笑顔を作り直してから「ハーフですよ」と答えた。名刺を差し出すと、予想だにしていなかったであろう漢字の羅列を見たその人は「えぇ。顔に合わないなあ。別の名前が良いよ。キャサリンとか!」とニコニコしながら言った。

不思議なことに、こんなふうなやりとりは日によって連続して起きることがある。今日は少しファンデーションの色が濃いからだろうか。それとも、店の照明がいつもより暗いのだろうか。

いちどテーブルから離れて、人数分のお皿にカプレーゼを取り分ける。大皿の上には珍しい色の小さなトマトが、モッツァレラチーズのあいまを縫ってコロコロと転がり回っていた。あか、きいろ、きみどり、深いあか。それぞれ味が違うみたいだ。それぞれが均等に行き渡るように注意深く分配する。このトマトたちはみんな色が違う。つまり「みんなと違う」トマトはここにはいない。取り分けられた小皿の世界の上で、トマトたちは「みんなちがってみんないい」を体現していた。トマトの断面が幸福に満ちた笑顔に見えてくる。この世界がカプレーゼなのだとしたら、私は赤いトマトばかりの中に1粒だけ放り込まれた黄色いトマトだった。トマトたちは私を見上げている。

「カラフルトマトめ。いいなあ、いろんな色がいて。仲間にいれてよ」と、ひとりでブツブツ呟きながら作業をする私を、店長が遠くのほうから不思議そうに見つめていた。

週末、久しぶりにママと一緒に夜ご飯を食べていたとき、はじめて会った人に「脚が長くて同じ人間とは思えない！　隣に立ちたくない！」と言われたことを話した。ママは笑いながら言った。

「それ、アワが幼稚園のときにも似たようなこと言われた。〝うちの子の日本人体型が目立つからアワちゃんを隣に立たせないで～〟って」

「なにそれ。かわいそう、私」

当然だけど、脚は自分の身体についているものなので、私自身の視点ではその長さを他人と比較する機会はほとんどない。常々思う、隣に立ちたいのか立ちたくないのか、どっちなんだ、と。数年前にジムに入会したときなんて、大浴場の脱衣場で服を脱ぐやいなやマダムたちが私の周りを取り囲み、自分たちとの「脚の長さ比べ大会」が始まった。私は恥ずかしいような照れるような気持ちで、全裸のまま観光地の等身大パネルのようにジッとしていた。湯船に浸かるとお話好きのマダムがひっきりなしに話しかけてきて、黙浴を推奨されていたこの時期は、私を含めてたびたびスタッフから怒られてしまった。学校集会の、生徒たちの話し声の中で校長先生の怒りをいち早く察知していたタイプの私は、しばしば黙浴とお喋りの楽しさのあいだで苦しみ、結局半年ほどでジムを退会した。

私は常に目立っている。目立ちたくないときでさえ、知人は遠くからでも私を発見する。一時期探偵に憧れて求人を探していたが、当時のバイト先の店長に「無理に決まってるだろ。お前いちばん向いてないぞ」と言われて諦めた。ときどき目立ちたいときもあって、そういうときは張り切った服と化粧をして胸を張って歩く。それでも、やはり視線とは体力を消耗するもので、毎日胸を張ってツカツカと歩くことはできない。それでも、私の身体は縮んではくれないのだった。
私の出生体重は1720グラム。予定日の2ヶ月前に帝王切開で生まれた私は、伯父に言わせればパイナップル程度の大きさだったという。生まれた日は母の誕生日でもあったので、私たちは全く同時に針を振る2つのメトロノームのように歳をとっていくことになった。肺胞が潰れていたらしい生まれたての私は、すぐに鼻から管を通されて透明な小さな箱に入れられ、無事に育つかどうか、家族を大いに心配させたらしい。その頃の写真を見ると、枯れ木のような痩せこけた小さな赤ん坊が「あーあ。生まれちゃった」といったような表情で身体をくねらせて眠っている。箱の外から入ってきたパパの黒くて大きな手が、私の頬を指で撫でていた。

私の現在の身長は168センチ。両親のAとBをきっちり分けたAB型。体重は50キロ弱で、食べても食べなくても、大して増えも減りもしない。風邪も滅多にひかない健康体だ。両親の身長を考えればもっと背が高くなってもおかしくなかったのだが、出生児の発育不足の影響なのか、それとも中学生のときに自ら必死になって脳天を押さえつけ続けた成果なのか、私の身長はここで止まった。それでもこの国で「かわいい女の子」として生きていくうえで、このデカさはギリギリアウトである。

蜘蛛のように長い指と、深い夜に似た真っ黒の瞳。縮毛矯正で伸ばした髪。光を当てればくすんだ金色にも見える褐色の肌。小松菜奈に憧れて彫った顔のホクロ。左腕には鱗のような広い傷跡がついている。いつできたのかはわからない。ママは生まれつきだと言った。これが外から見える私の全部である。

自分の家族と容姿が周りと比べて特殊だということは「あいうえお」を覚える前から察知していた。おそらく途方もなく広いであろうこの世界で、どうして私がこの手札を渡されてしまったのか。幼稚園の送り迎えの車窓から、まだ言葉をほとんど持たないなりに思考を巡らせていた記憶がある。その確率をもっと別のことに使ってほしかった。これはよく考えなければ苦労することになるぞ、とママが結んでくれたお団子頭を弄くりながら考えた。私のぐるぐる思考はおそらくこのときから癖づいていて、マッサージ屋にいけば施術師に憐れまれるほど、私の頭は常に凝り固まっている。ママは美人だ、他の子のママと比べて若いみたい。おばあちゃんはうるさい。おじいちゃんは甘やかしてくれそうだ。パパは、わからない。大きくてまっくろ。よくわからない……。

私のパパ、周りのパパとぜんぜん違う。5歳くらいの頃にいちど、パパの友達の家に遊びにいったことがある。家の中は、パパの体からするのと同じような、乾いた砂とスパイスの匂いがした。ソファーに座らされて、女の人が私の髪をライターの火で炙りながら細かく細かく編み込んだ。翌日から私は、ひまわり色のかわいい園服にピッチリとしたコーンロウで登園することになった。髪はピンクや水色のゴムで縛られていて、先生やママたちには大好評だった。好きな男の子にも「いいじゃん」と言ってもらい、痛かったけど頑張ってよかったと思った。髪を編みおえた後で食べさせられた熱いヨーグルトのようなものはなんだったんだろう。あんまりおいしくなかったな。

きっとパパが周りと違うから、私も周りと違うんだ。パパはたまにどこかに電話をかけたり、パパにも電話がかかってきたりして、その電話の向こうの誰かと話すとき、パパは私が普段聞いている言葉と全く違う言葉で話した。大きな声で早口で捲し立てるように話すから「どうしていつも怒っているんだろう？」と不思議に思った。なんだか私も怒られているような気がして、電話が始まると、私は音を立てないように小さく縮こまった。パパはなんの仕事をしているんだろう。パパの名前は？　パパは一体、どこからきたの？

パパから譲り受けた「周りと違う」というコンプレックスを、私は今でも長いブランケットのように引きずって歩いている。大人になっていく過程で、私はそれなりに恋をした。それなりに、とまるで互いに思い思われていたかのように上品には言ったが、おとなしくて友達も少ない「陰キャ」ゆえに、人気者の男子に机から落ちた消しゴムを拾ってもらっただけで好きになったりしていた。中学生の頃には、3年間ほとんど話したことがなかった男子に卒業式前日に突然メールで告白し、案の定撃沈して静まり返った夜の街を泣きながら徘徊するという奇行もやってのけた。告白が成功するなんて期待してもいなかった。ただ好きだって知ってほしかっただけ。こんなヤセっぽっちのガイジン、誰も好きになんてならない。パパは国に帰れば普通の人になれるけど、私はどこにいっても変な奴なんだ。恋愛において必要なステップを踏まないことで起こった当然の結果を、中学生の私は自分の容姿に強引になすりつけ、片田舎の路上で悲劇のヒロインを演じたのだった。

高校生のとき、はじめて告白された。彼氏という新しい存在。毎日が楽しくて、無数の人の中で、私なんかをたったひとりに選んでくれる人がいたことに、胸がいっぱいになった。

「俺、アワさんと結婚しようと思ってるよ」

「ほんと?」

「ほんとに。親にも話した」

「なんて言ってた?」

「家系に外国の血が入るのは、気にしないよって」

「そっか」

そっか。なんだよ。嬉しいことじゃないか。認めてもらえたんだ。許されたんだ、私は。なのに、どうしてこんな気持ちになるんだろう。


結局2年ほど付き合って私たちは別れた。原因は彼の大学デビューによる見境なしの浮気だった。浮気相手のひとりだった女の子のツイッターを覗くと「あたしは純ジャパだから。勝ち」と書いてあった。

大丈夫大丈夫。私は不遇なんかじゃない。中身を愛してくれる人はきっといる。

「ガイジンってエロいよね」「俺、褐色フェチなんだ」

そうじゃない。そんなの聞きたくない。

私は私。黒人ハーフの女の子じゃなくて、伊藤亜和って名前なの。たくさんの人がすれ違いざま私を見るのに、これだけのことが、あまりにも伝わらない。投げた石はいちども跳ねずに水に沈んでいく。ママはパパのどこを好きになったの？　私はどうして生まれたの？　私もみんなと同じように日本語でものを考えているのだという当たり前のことを知ってほしくて、掠れていたボールペンのインクが突然吹き出したみたいに、私は自分の話をネット上に書き始めた。

今日もいろいろな人に会って視線を受ける。誰も私に悪意なんてない。ごく単純な疑問や憧れを伝えてくれる。私は照れたり謙遜したりして言葉を返す。そこに怒りを隠したりもしていない。悪意がないことに怒るなんて私はしたくない。そのせいで日本の価値観がアップデートされないなんて言われても「ごめんあそばせ」である。自分がなんとも思わないことに、わざわざ突っかかる体力も時間も私にはない。初期装備に意味を持たないまま生きるのが、今の私のポリシーだ。あの浮気相手の女の子は200％の悪意で私に向かってきたんだから、私もツイッターに「バカ」とか「小娘」とか散々書いてやった。あまりにも不毛な女同士の喧嘩だ。誰にも文句は言わせず、お互いの顔と名前できっちり殴り合った。彼女は今、広島に嫁いで幸せに暮らしている。最近私のインスタグラムの写真に「綺麗」とコメントをくれて、あぁ、私たち友達になれたかもしれないんだ。と、勝手に切なくなった。


「お姉さんかっこいいね、モデル？」

「違います」

「どこからきたの？　なに人？　アメリカ？」

「横浜です」

「やっぱり日本の男じゃダメなの？　どういう男が好き？」

「どこからきたの、とか聞いてこないひと」

君はどうだろう。私の隣に立ってくれる？

私を怒鳴るパパの目は黄色だった

パパの白目は、どうして黄色を帯びているのだろう。小さいころから疑問に思っていた。私もいつかそうなるのだろうかと不安で、こまめに目薬を点したり、サングラスで護ったりして過ごしている。健康上の要因は別として、目が黄色いことが悪いとは思ってはいない。そうは思っていても、私を怒鳴るパパの目は黄色だった。大きく見開かれた目に床が割れるような怒鳴り声、黒い肌のうえで光る黄色い目。幼い私は、パパに怒鳴られるたびに過呼吸を起こした。息ができず声も出なくなって、涙と鼻水を垂れ流しながら、必死に「おみず、おみず」とママに訴えるのがいつものことだった。しゃくりあげながら泣く私に、パパは目を見開いて唇に人差し指をあて、「静かにしろ」というサインをした。蛇に睨まれた蛙とはまさにこのことで、私はあの目を見ると恐怖で固まってしまっていた。

そのことが影響しているのか、私は人と話すときに目を合わせるのが苦手だ。相手が話しているときはそれほど苦ではないのだが、私が話しているとき、つまり、相手が黙っているときは、どうしても相手のヘソのあたりに視線が動いてしまう。口を閉じられていると、怒りの感情を日本語に変換できないまま、行き場を失った感情が目から噴き出してくるかのような顔をしたパパを思い出すからだ。よく、「娘は父と似た人を結婚相手に選ぶ」と言われているけれど、私からしてみたらそれは絶対にありえないことだ。絶対にパパみたいな人を好きになったりはしない。私の好きな有名人は、カズレーザーと、神木隆之介と藤井聡太だ。

もうひとつ苦手な視線がある。港区に出入りしているバイタリティー溢れた経営者がするような、相手に有無を言わさず納得させる威圧感のある視線にも耐えられない。自分の価値観を信じて疑わないような、「教えてやるよ」とでも言いたげなあの目。苦手と書いたが、これは「苦手」というより「嫌い」である。自分がどういうときに苛立ちを覚えるか考えてみると、それはたいてい「君はまだ若いから」「経験が浅いから」「女の子だから」といったニュアンスを相手の視線から感じ取るときだ。それを察知すると、私の中の短気の遺伝子が反応してしまい、必要以上に好戦的になってしまう。見た目によって「難しい日本語はわからないだろう」と決めつけられてきた経験は、自分でも気が付かないうちに黒い感情の琴線になり、どんどん波紋を広げて「難しいことはわからないだろう」というところにまで反応するようになったのかもしれない。

先日、青森の親戚の家に行った。家の中に入って畳の上に座ると、おじさんはちゃぶ台の上にみっつ並んで置いてあったリンゴをひとつ手に取って、果物ナイフとともに私に差し出した。私がどう皮を剥こうか考えていると、おじさんはかすれた声でなんの気なしに「まだ独身なのか」と私に聞いてきた。おじさんがもうほとんど見えていない目で私を見つめる。電車もろくに来ない町に体の自由もきかずにたったひとりで暮らす年寄りを、いったい誰が女性差別だ時代錯誤だと責め立てることができるだろう。田舎の高齢者の単純な疑問にすぎないというのに、ひねくれた私の思考回路の中では、その質問は即座に「リンゴもうまく剥けないおなごは嫁さいけねぇぞ」という言葉に変換された。そして、リンゴも剥けない女だと思われたくなかった私は、自分で勝手に追い詰められた末にナイフを手放し、そのままリンゴにかぶりついたのだった。SNSではこの出来事を格好つけて書いたために賞賛のコメントが数多送られてきたが、実際はごらんの通りの、被害妄想の結果起きた情けない暴走にすぎない。それほど私の「ものを知らない」コンプレックスは激しいのだ。

言葉、時事、雑学、マナーに至るまで、無知や間違いを指摘されることがあれば一生の恥と思ってしまう。だから私は人より少し多くのことを知っている。「そんなことも知らないのか。ならば教えてやろう」と思われないように。知らないことがあるのは、それほど深刻なことではないと、頭ではわかっているのに、頭がショートして体が熱くなると、私はやらかしてしまうのだ。だから、しばしば好きな男性のタイプを聞かれることがあれば、私は真っ先に「目力のないひと」と答える。目力の強い男性がみなパパと同じく短気で暴力的ではないし、宗教的な経営者のように偉ぶった人ではないということは重々わかっている。その逆も然りで、眠たげな目をした男性がみな寛容で穏やかなわけではない。ただ、私は相手の「視線」を簡易的な判断材料にして、私が理性的でなくなるような予感のする相手はなるべくは避けて過ごしていたいのだ。私にとって、先に書いたふたつの視線を避ける理由はそれぞれ「恐怖」と「嫌悪」に分けられる。相手から怒りを受ける視線と、私の中の怒りを沸き立たせる視線。私を委縮させてしまう視線と、暴走させてしまう視線。

今夜、日付が変われば私は27歳になる。パパと喧嘩別れをしたのは大学に入ったばかりの18歳のころだったので、間もなく9年が経とうとしている。パパのフェイスブックを見ると、大学の入学式に撮った私の写真に「Awa! Go Go!」とコメントが添えられた投稿が残っている。大学でフランス語の学科を選んだのは、パパとのコミュニケーションを豊かなものにできれば、と思ってのことだったが、それ以降、パパのアカウントに私の話題が投稿されることはなくなった。父親に対してのはじめての反抗が、まさかこんなにも長い冷戦を招くとは正直思いもしなかった。しかし、パパの怒りから遠ざかった今日までの日々はあまりにも快適で、好きなものを食べ、好きなお酒を飲んで、好きに泊まって好きな時間に帰る。こんなに自由なのに、いまさら関係を修復しようという気にはなれないのだ。それに、私たちはお互い、うまく話し合って共存するという機能を持ち合わせていないように思う。通じるのはごく短いセンテンスだけ。どちらも100パーセント主張が通らなければ納得ができないのだ。私自身、爆発する前にパパと話し合って、自由にしたい部分を落ち着いて話してみるとか、そういうことができたなら、こんなことにはならなかったかもしれない。でも、できなかった。パパの黄色い目が怖くて、限界が来るまで、うんうんと良い子のふりをすることしかできなかった。

大喧嘩をする前日、その数日前から私たちの空気はにわかに不穏だった。弟が無邪気にも私に彼氏ができたことをバラしてしまったり、バイトから帰る時間が遅くなった私にパパが苛立っていたのに対して、私が「じゃあもう迎えに来なくていい」と言ったり、原因はいくつかあったように思える。パパが運転をしながら私にこう言った。

「娘は、絶対にお父さんに逆らっちゃいけない。そういう決まりなんだよ」

これは、パパが私にはじめて言葉にしてはっきりと示した主張であった。私はこれまで「怒られている」ことはわかっていても、「なぜ怒られているのか」はよくわかっていなかったのだと思う。とにかくパパが発する咆哮のような怒鳴り声におびえて息を詰まらせていたのだ。このひとことが、これまでのパパの怒りのすべてだったのだと、私は理解した。理解したと同時に、これまで得体の知れなかった「恐怖」が、はじめて形を成した明確な「嫌悪感」に変わったのがわかった。生まれてはじめて、パパに「はぁ?」という気持ちになったのである。逆らっちゃいけないだと？　冗談じゃない。私はアンタの価値観の中で固められたことだけを口移しされて咀嚼していろと言うのか。私は私の歯でかじって、味わって、そうやって生きていくんだ。ふざけんな。

バックミラーに映った黄色い目と目が合う。ミラー越しにその目を睨みつけた。パパの見開かれた目はわずかに動揺しているように見えた。ハンドルを握っている状態のパパを怒らせたら命が危ないと思い、その場では無言を貫いたが、いつもとは何かが違う、何かが変わってしまうのだと、お互いに感じたのかもしれない。

こうして翌日、私たちは警察沙汰の大喧嘩をすることになる。あれから9年たって、もしこの先仲直りするようなことがあったとしても、その先にまたおなじような暴力的な争いが起きることは避けられないと私は思う。あの日、きっと私の目は黄色だった。あなたと同じ、黄色に染まっていた。怒りに我を忘れたときはあなたと同じ目になるように感じるのだ。本当の姿でいることが尊いと本やテレビは言うけれど、私はそんな本当の自分を、できるだけ分厚い理性でくるんで隠して誰にも見られないようにしたい。そうできない相手はできるだけ遠ざける。それしかないと思う。中学校の卒業式、親に向けて書いたメッセージが体育館の壁に張り出された。私は、ママと離婚してもう家にはいないパパに向けて「言葉はあまり通じないけど、絆はほかの親子にも負けないと思ってます。」と書いた。父の読めない日本語で書かれたそのメッセージは、事実を書いた手紙というより、中学生の私から、理解できないまま私たちから遠ざかっていったパパへの、すがるような確認だったように思う。そのころの私は、まさか自分からパパを突き放すことになるなんて思いもしなかっただろう。

長年の疑問の答えはネットで案外簡単に見つけることができた。なんでも、体にあるメラニンの濃度が高いと、それが眼球にも影響して白目が黄色くなるらしい。これから体内のメラニン濃度が大幅に変わることはないだろうし、加齢によるもの以外では、私の目は黄色く染まることはないようだ。少し安心したと同時に、つくづく私には短気なこと以外パパに似たところがないなと、ほんの少しだけ寂しさを覚えた。私が成人したらセネガルに帰ると言っていたパパは、いまだに近所のアパートにひとりで住んでいる。大学で一生懸命勉強したはずのフランス語は、もうすっかり忘れてしまった。鏡にはいつも通り、ママに似た眠たげな二重の目が映る。これが私の顔。

パパ、私、27歳になったよ。

ハムスターの心臓

昨日は最悪の日だった。

小さい頃から感情のアウトプットが苦手だった私は、よく人から「冷静」とか「落ち着いている」とコメントされることがある。

小学校の通信簿に載っている担任の評価欄にも、この「落ち着いている」という一文は6年間欠かさず居座り続けていた。聞いていると眠くなると言われる生ぬるい話し方も影響しているのか、私自身も話していると眠くなる。変化の少ない表情。きっと、外部からの刺激に鈍感なんだと思われているだろう。でも決してそうではない。

昔、医者に「心臓が少し小さいですね」と言われた気がする。実際に言われたのか、夢の中で言われたのか、自分で勝手に思い込んでいるのかよく憶えていない。でも、本当に少し小さいのだと思う。昔、手のひらに乗せたハムスターの早すぎる鼓動に、私は少なからず驚いたことがあったが、感情が乱れた時の私のそれとよく似ている。ゼンマイを巻き過ぎた猿のおもちゃは狂ったようにシンバルを叩く。私もときどきああなってしまう。両親共にヒステリー気質な私にとって、それは避けられない遺伝だったのかもしれない。しかも、その沸点は恐ろしく低い。自分の中でときどき暴れる竜の尻尾。どうしたら上手くおさえられるだろう。小さい頃からよく考えて、私は3枚のお札を使うことにした。

「泣く」「自分への物理的な攻撃」「幼児退行」

この3枚を使えば、周辺への被害は最小限に止まり、人を傷つけることもなく完結させることができる。使うことにしたというよりは、何度も暴発するうちに、自然とこの三段階になっていった。「自分への物理的な攻撃」というのは主にタンスに頭をぶつけたり、拳で殴ったり、とかである。痕が残るようなことは極力さける。

こんなことを打ち明けると、自分を大切にしよう的な団体に怒られてしまうかもしれないが、これは私の情緒の回復において必須のプロセスであって、これをしないと私は毒を吐き出すことができないのだ。楽しい記憶は残りづらいし、私は生まれながら自分に対する負の感情を原動力に生きていて、それを猪木の闘魂注入よろしく摂取しなければ穏やかではいられない。そう考えると、吐き出すとは逆なのかもしれない。これが済んだら私は人里に降りて行き、適した人間に甘える。頭を撫でてもらい、ご飯を食べさせてもらう。申し訳ない。でもこの過程はなくても大丈夫。「自分の情けない話を聞いてもらう」とかでも代用可能だ。

さて、書こうとした話と全く違う話になってしまった。昨日もこんなふうにして二度も道に迷って、渋谷のど真ん中で大泣きした。

宇宙人と娘

エッセイで起こることは真実でなければならない。

エッセイを何本も連載するのは本当に大変だ。まあ、小説など書いたことがないから、どちらが大変なのか、今のところ私には比較しようがないのだが、起こった真実と、それに伴う心の動きを洗いざらい言葉に差し出すという作業は、すなわち「どれだけ憶えているか」の勝負である。現代人の脳の疲労は深刻だ。以前、なにかの番組で「現代人が1日に得る情報量は平安時代の人間が生涯をかけて得る情報量に匹敵する」という話を聞いた。たった1日で一生分。こうしているあいだにも、私はときどき左手でスマホをいじって、タイムラインの山を登る。目の前の岩を掴むように上にスワイプする。新しいポストが表示される。頂上との距離は伸び続けて、辿り着く日は永遠に来ない。

なにが言いたいかというと、最近物忘れが激しい。ずっとなにかしらの画面を見ているせいで、頭は常にぼんやりと腫れたような熱を帯びていて、昨日なにをしていたかもよく思い出せない。はるか昔の記憶は遠ざかるにつれて滲むようにぼやけていくのに、ここ数年の記憶といったら、まるでいきなり線が焼き切られたように断片的だ。それに、大人になってからの「感動」というのは、大抵、酒を飲んでいるときに起きる。酔っ払ってどさくさに紛れて起こったことなんて憶えていなくて当然。そもそも酒を飲んでいるときに起きる感動は感動か？　それはただの情緒不安定ではないのか？

記憶を切り売りしている以上、そのための大切な資源はなるべく手元に置いていきたい。写真、ＬＩＮＥのメッセージ、酔った親戚の思い出話、映画やテーマパークのチケット、卒業アルバム……。私が生きてきた道を、あらゆるところからかき集めて抽出する必要がある。忘れていても、押し入れの奥を漁って思い出すこともきっとある。

ママと弟が住んでいる部屋は、古いアパートの2階にある。テレビでこわい話が流行っていた頃、階段が13段のアパートの201号室は呪われていると誰かが話していて、無意識に数えてしまうのがこわくて階段を登れなくなった時期があった。当時は私もこの部屋に住んでいて、今は祖父母の家に住まわせてもらっているのだが、べつにオバケがこわくて寝床を変えたわけではない。

階段を上がって部屋のインターフォンを押すと、しばらくしてママの「はーい」という声が聞こえた。しかし、鍵を開ける様子はない。誰が来たのかと警戒しているのだ。こんなとき、私はいつもなんと答えようか迷ってしまう。「わたしー」と言うのもなんかしっくりこないし、「アワだよー」と言うのも慣れなくて恥ずかしいし、結局しばらく考えて、少しおどけたふうに「あけてー」と言う。ママはドアのチェーンを外して、それからドアの内側に立て掛かっているテニスラケットくらいの流木をズルズルとどかして、やっとドアを開けた。なぜドアに流木が立て掛けてあるかというと、もし誰かがピッキングなどをして鍵をこじ開けて侵入しようとすると、ドアを開けたとたんにその流木が外側に倒れ、侵入者の脛にダイレクトヒット。そうやって侵入者に深刻なダメージを与えるという、歴戦の狩人も真っ青の、ママお手製アイデアトラップが運用されているためである。私も、持っている鍵を使って開けた際に何回かこのトラップの餌食になった。本当に痛くてその後の気分が台無しになるので、泥棒にも効果はあると思う。

寝起きなのか、ママは表情ひとつ動かさないまま「なにしにきたの」と言った。私はそれが拒絶を意味するわけではないと知っている。単純に、私がなにしにきたのか気になっているのだ。探し物、と曖昧に答えて部屋にあがる。この部屋から出て行って5年は経ったか、もうすっかり他人の家という感覚がして落ち着かない。実家に帰ると安心するなんて話をよく聞くけれど、全然。さっさと用事を済ませて帰ろう。ダイニングテーブルの一角は辞書や本が占領している。私が座っていた場所にはもう、できあがった料理を置くスペースはない。鏡の前にはフランス語が書かれた化粧水やクリームが並んでいて、なにがなんだかよく分からない。ママが使わなかったものをいくつかもらったけど、乾燥肌の私には物足りなかった。ママはほとんど化粧はしないので、私の部屋にある鏡の前のように、めったに使わないアイシャドウパレットや変な色のリップで散らかったりしてはいなかった。

「見て。お風呂の扉が直ったの」

さっきの様子とは打って変わって、ご機嫌な様子でママは言った。

「よかったじゃん。刑務所じゃなくなったね」

自分でもよく分からない返しをして押し入れへ向かう。この部屋は、3部屋あるうちのひとつで、服や消耗品を保管するための物置のようになっている。押し入れにはママが集めてきた本や、特別な日にしか着ない洋服や、今の季節には使わない電気ストーブなんかが置いてあって、私は縄張り意識の強いママに気づかれないうちにと、さりげなく静かに、その場所を漁りはじめた。しかし当然、ものの数秒で背後から「なにしてるの」と声が飛んでくる。

「ちょっと、探し物」

「なにを」

「まあ、いろいろ」

「なんなの、やめてよ」

「いやぁ、私の学校で作ったやつ、自由研究とか、前にこの辺にあったよなあって……」

なるべく刺激しないように探りを入れたのは、やはり、返ってくる言葉がどんなものかわかっていたからかもしれない。

「捨てちゃったよそんなの」

そうですよね、と思いつつママを見る。ママは私と目を合わせないようにして、素知らぬ顔に努めていた。大丈夫だよママ。私はそんなことでママを責めるほど心の狭い女じゃない。ママがそういう性格なのは、私は、よくわかってるつもり。

「ほーん」

いくつかの気持ちが自分の中で渦巻いたあと、なんでもないような顔で言った。

私はそそくさと退散して祖父母の家に帰り、祖母にことの顛末を話した。祖母は言った。

「なんだかね。あの子は昔から、人の気持ちが分からないようなところがある」

私は、人の気持ちが分からないということが悪いことだとは思っていない。なぜなら私もよく分からないから。それを自覚する前はしばしば人間関係でトラブルを起こした。とくに、女の子の集団の中では、私は全く上手に振る舞うことができず、無神経な発言によって友達を意図せず傷つけてしまうことがあった。自分にそういう傾向があると指摘されたとき、真っ先に思い浮かんだのはママの顔だった。

小さい頃、問題集が解けずに下を向いている私に「どうしてこんなことも分からないの?」と言ったママ。大学生の頃、バイト代が足りず自分の学費が支払えないことを責められて「お金のことで助けてくれたことなんて一度もないくせに」と言った私に激怒して、狂ったように暴れた挙句部屋のドアに指を挟んでそのまま救急車で運ばれたママ。私が友達を紹介しても挨拶せず、恥ずかしそうに体をくねらせるだけのママ。私の友達の犬に指を噛まれて、泣きながら「クソ犬」と言い放ったママ。何冊も辞書を抱えて満員電車に乗るのが辛いと、なんの気無しに愚痴をこぼした私に「じゃあどうするの。大学辞めるの?」とぶっきらぼうに言ったママ。私はただ「大変だよね」と言ってほしかった。虚しさと怒りで涙が溢れて「そんなこと言ってほしかったんじゃない」と叫んだ。

ママ。ママは自分自身にも他人にも、いつだって結論を求めていた。決して、過程を褒めたりはしなかった。私が勉強できないのも、解決策も出さずに通学がつらいと愚痴るのも、ママにとってはきっと、ごく単純に疑問なのだ。前に占い師も言っていた。「お母さんは、自分の哲学の中で生きている人なので、話し合って理解し合うというのは無理です」と。ママにそのまま伝えると「まぁね」と言っていた。すこしは申し訳なさそうにしたらどうなんだ、と思った。

つい先日、エレベーターを待っていると、隣に親子がやってきた。女の子は母親に向かって「じょうずにできなかった」と言った。すると、母親は女の子を抱きしめて「そんなことないよ。よくがんばったね」と繰り返し言った。それを見た私は、まるで新種のカエルを見たかのように大袈裟に驚いてしまった。まさか、世の中にこんな母親がいるなんて。涙が出そうになって、うつむいたままエレベーターに乗り込んだ。羨ましかったのは事実だ。でもママが私にそんなことしてきたら、正直キモいなとも思った。

ママは母親らしい人ではない。だからといって、いつまでも女で、男が必要なタイプの人間でもない。完全に宇宙人なのだ。子どもを2人産んでもなお、まだなにも知りませんという顔をしている。孤独で可愛くて美しい私のママ。私は大人になって、ママに頼らなくても生きていけるようになった。だからこそ、人間としてママを愛せるようになったのかもしれない。私たちは、同じ屋根の下で過ごせばすぐに不安定になってしまう。似ているくせに、几帳面さだけは正反対だから、私はママの神経質な掃除にイライラするし、ママは私の散らかった机に耐えられない。だから私は住む場所を変えた。すると、親子関係は驚くほど改善されたのだった。

夏が始まってすぐ、ママと弟と3人で買い物に出かけた。ちょうど連載の話がいくつか決まり、私もようやくアルバイトだけの生活をやめる兆しが見えはじめた頃だった。ショッピングモールの中をフラフラ歩いていると、後ろのほうで、ママは突然ポツリと言った。

「私、がんばったよね」

驚いて聞き返しそうになったのをグッと抑えて、私はなるべく平静を装ったまま言った。

「がんばったと思うよ」

これで合っていただろうか。ママが言ってほしかった言葉を、私は返すことができただろうか。ママはなにも言わなかった。振り返って、表情を見ることもできなかった。ママがいまだ私にがんばったね、と言ってくれないのも、私はそのとき妙に納得した。この人は、自分ががんばったと娘に言えるまで20年以上かかったのだ。私を産んだ時の帝王切開の傷は、きっと一生消えないのだろう。痛かったよね、ありがとう。

産んでくれただけで助かります。ママ、たまに一緒にご飯を食べてテレビをみよう。

ママの恋人

パパが家からいなくなって何年か経ったあと、ママに彼氏ができた。

彼氏だったかどうか、本人に確かめたわけではないから、彼氏じゃないのかもしれない。私はまだ子どもだったから、男女の関係については一緒にテレビゲームをする友達か、いずれ結婚する付き合いをする恋人のどちらかしか知らなかった。27歳になった私の周りには、さまざまな男女の関係を含んだ生活があって、当人のあいだの認識すら、ときには同じとは言えない温度の差がうかがえることもある。ママとその人が実際どういう関係だったのかはわからない。だから、私にわかっていたのは、あるときから知らない男の人が家に来るようになった、ということだけだった。

その人のことを、ママは「トシ」と呼んでいたような気がする。坊主頭で、体格はわりとがっちりしていて背が高かった。顔はパーツがそれぞれしっかりした濃い顔立ちだったけれど、いわゆる「外国人」のような彫の深い顔というわけでもなかった。トシのことを思い出そうとすると、ぱっちりとした大きな目をいちばん最初に思い出す。パパもスキンヘッドだったから、私は子どもながらに「ママは髪がない男の人が好みなのか」と勝手な推測をしていた。たぶん、そんなことはない。だけど、最近もテレビに安田顕やＩＳＳＡが出ていると静かにジッと見ているので、どちらかというと顔がはっきりした男が好きなのは間違いなさそうだ。

トシはだいたい夜に私たちの住むアパートにやってきた。大型のバイクでやってきて、そうでない日は酒を飲んでいるのか、顔を赤くしてヘラヘラと笑顔を浮かべながら家に入ってきた。弟はまだちいさくて、当時のことはきっと憶えていないだろうけど、狭いアパートに心を許していない男が気安く侵入してくることが、私は正直言って、とてつもなく不快だった。トシは私たちと距離を縮めようと、しきりに話しかけてきたりお菓子を買ってきたりしたこともあったが、私は一向に心を開かず冷たくあしらっていた。今思えば、彼女の前夫との子どもに対して、いつも機嫌よく接してくれていたトシは、きっと悪い男ではなかったのだろう。連れ子を虐待する交際相手のニュースは定期的に目にするが、トシは私たちを邪険に扱うことはなかった。いちど、酔っぱらって馴れ馴れしく触ろうとしてきたトシの股間を力任せに思いきり蹴り上げたことがあった。しかし、なぜかトシには全くそれが効かず、何度やってもトシはニコニコと笑っているだけだった。おばあちゃんに「変な男がいたらオマタを思いっきり蹴って逃げなさい」と教えられてきた私は、唯一の必殺技が効かないこの男に言い知れぬ恐怖を感じ、こいつを倒すにはどうしたらいいのか、それからずっと考えていた。

私と弟とは別の部屋で、ママとトシが寄り添って眠っているのを見ると、こいつがこのまま家に住み着いたらどうしようと、うまく言い表せない不安に襲われた。それに、離婚したとはいえ、パパはこのアパートのすぐ近くに住んでいる。パパが使っている駐車場はこのアパートの目の前だし、3日にいちどは私たちの様子を見にこのアパートにやってくる、トシもそのことはわかっていて、毎回来るときはそれを気にしてコソコソとやってくる。もし鉢合わせでもしたりしたらどうなるか、そんなことは想像に難くない。私はトシがアパートにいるあいだ「突然パパが訪ねてきたらどうしよう」ということばかりが気になって、四六時中落ち着くことができなかった。後々、この不安は的中してしまうことになるのだが、それはもう少し先のことになる。

ほかにトシのことで憶えていることといえば、トシの乗っていた大きなバイクのことだ。家族の中でバイクに乗る人はいないので、私はトシ本人のことは嫌いつつも、トシの乗ってくるバイクには興味津々だった。間近ではじめて見る大型のバイクは、ゴツゴツとしていて、光っていて、仮面ライダーが乗っているバイクそのもののように見えた。運転席の後ろには同乗者用の小さな座席がついていて、私は乗せてもらいたくて堪らなかったけど、トシに自分からお願い事をしたら、こいつを家族の一員として認めてしまうような気がしてどうしてもできなかった。

もし、このままトシが家族になって、私たちの「パパ」になったとしたら、パパは一体どうなってしまうのだろう、トシがパパになったら、今のパパはパパじゃなくなってしまうのだろうか。このアパートを訪ねることも、私と弟を連れてディズニーランドに行くこともできなくなって、本当の意味で家族から弾き出されてしまったら、パパにはきっと、この国にいる意味さえなくなってしまうんじゃないだろうか。だからママとトシがどれだけ仲良くなっても、弟がどれだけトシに懐いたとしても、私だけはすでに壊れてしまった家族の瓦礫を、大切に持っておかなければならないのだ。私はまだ、ママがパパのことを少しは好きなんじゃないかと、心のどこかで思っていた。離婚の手続きが済んで、パパが引っ越しの作業をしているとき、ふたりが食器棚を整理しながらふざけあっているのを見た。あのときは、これから別々に暮らすと自分たちで決めたのに、どうしてこの期に及んでこんなに楽しそうにしているのかと、なんだか腹が立つような不思議な感覚になったのに、今はその記憶が大切な拠り所のような気がして、幼い私は「まだ完全に壊れていないかもしれない、パパとママが私の手を片方ずつ引いて、せーので大きくジャンプさせてくれたあの日が、またいつか来るのではないか」と、夢見るような気持ちで考えていたのだった。

あるとき、私とママとトシは、弟が保育園に行っているあいだ、最寄りの駅で待ち合わせをした。ママが少し歩いた先に買い物に行くというので、図書館に本を返した私とトシはふたりきりになった。トシはこの日も大きなバイクに乗ってやってきた。なるべく口をきかないように黙っていると、トシの電話にママから買い物が終わったと連絡がきた。トシは今行くよ、と返事をして、大きなバイクのエンジンをかけて、それから私のほうを見て笑顔を作りながら「乗る?」と聞いてきた。私は嬉しくなって、思わず「乗る！」と返事をした。

ヘルメットを被せてもらい、トシの後ろの座席にまたがってみると、思っていたよりも高くて足がつかず、少し怖くなった。「俺の背中にしっかりつかまって」と言われて、控えめにジャンパーを掴んでいた腕を、思い切って抱き付くようにトシの腰に巻き付けた。バイクが激しく振動しながら大きなエンジン音を立てて大通りへ飛び出す。冷たい風が顔に当たって、まるでホウキで空を飛んでいるような疾走感が全身を包んだ。道路の白線が目で追えないほどのスピードで、次々と後ろへ飛んでいく。振り落とされそうなスリル感が堪らなく楽しくて、私はトシに自分の命を完全に預けてしまっているうしろめたさも忘れて、トシの背中で笑いながらキャーキャーとはしゃいだ。ほんの100メートルほどの短い距離だったけれど、降りたあともしばらく胸が高鳴って、バイクに乗ったよ、こわかったよと、ママになんどもなんども話した。子どもらしく屈託なく喜んでいる私を見て、トシも嬉しそうにしていた。これからこうやってバイクに乗せてもらえるなら、トシがパパになってもいいかもしれない、そんなふうにさえ思った。

その少しあと、終わりの日はやってきた。

その日、トシは珍しく明るいうちから家にいた。たぶん、土曜日か日曜日だったのだと思う。なにをしていたかは憶えていないけど、部屋の中には相変わらずブラックミュージックのCDが流れていた気がする。その頃うちにあった縦長のコンポには、CDが3枚入るようになっていた。1枚を再生し終わるとコンポの中で3枚のCDを乗せたプレートが、メリーゴーランドのようにクルリと回転しては次のCDを再生し始める。私は、こんなにおもしろいマシーンはきっとうちにしかないと思って、違いも分からないくせに、山積みになった中から面白そうなCDを引っ張り出してはしきりにコンポの中身を取り換えていたのだった。きっとその日もそんなことをしていたと思う。

アパートのインターフォンがなった。我が家のインターフォンは、押すと「ピン」と鳴って、指を離すと「ポン」と鳴る。だから、そのピンとポンの間の長さで、だいたい誰が来たか見当がつく。ピンポンのンが抜けているような速さで、鋭い音が乱暴に鳴った。パパだ。そう直感した。

全員がピタリと黙り込んだ。ママがゆっくりと玄関のほうへ行き、ドアの前で努めていつも通り、はーいと言った。ドアを開けるベルの声が聞こえて、パパの低い声がかすかに聞こえた。奥の部屋でジッとしていた私たちには、どんな会話をしているのかまで聞き取れなかったと思う。それでも、パパの様子から察するに、トシが来ていることはバレていないようだった。家の中には入ってこないだろうし、このままやり過ごしていれば大丈夫だろう。そう思ったのとほとんど同時に、玄関からパパの凄まじい怒鳴り声が聞こえてきた。それから物がバタバタと倒れる音がして、ママの叫び声が聞こえた。玄関に男物の大きなスニーカーがあることに、パパは気づいてしまったのだ。いつもは用心して靴箱にしまっていたのに、今日に限ってトシの靴は脱いだまま置きっぱなしにされていた。

怒鳴り声が近づいてくる。私は弟と一緒にとっさに押し入れの中に隠れた。ふすまの隙間にパパの姿が見えて、入ってきた勢いそのままトシを殴り飛ばしたのが見えた。後ろにひっくり返ったトシを、パパは何度も何度も殴る。ママはパパの後ろで半狂乱になりながら「やめて」と叫び続けていた。真っ暗な押し入れの中で泣きはじめる弟を必死でなだめる。私だって泣きそうだった。

トシが逃げようとして、押し入れのほうに近づいてきて、それを追いかけて蹴とばそうとしたパパの大きな足が、私たちが隠れている押し入れのふすまを突き破った。大きな穴が開いたふすまは、そのまま敷居から外れてバタンと部屋の中へ倒れた。ママが弟を抱き上げたのを見て、私はそのまま玄関へ走っていき、息ができなくなるほど嗚咽しながら裸足のまま外へ飛び出した。そしてそのまま家の裏にある長い石の階段を駆け上がって、公園にたどり着き、恐怖で跳ね上がるように脈を打っている心臓を落ち着けようと、ブランコに座ったまま膝におでこをくっつけるようにしてうずくまった。反対側の丘のほうで夕日が沈んで、辺りが少しずつ暗くなっていく。私が逃げたあとどうなったのか、もしかしたら、トシは殺されたかもしれない。冗談じゃなくそう思った。

どれだけ時間が経ったか分からない。それほど長くはいなかったと思う。それでも、その時の私には、もう何時間もここでジッとしているように思えた。裸足の足は、砂だらけだった。かろうじて持ち出していた携帯電話に、騒ぎを知ったおばあちゃんから着信がきて、私は呆然としたままフラフラと家の方角へ戻った。泣きながら駆け上がってきた階段の上から家のほうを見下ろすと、何台かのパトカーが来ていて、集まった警官たちの輪の中には、囲まれるようにしてパパが立っていた。その姿を、私はまたその場に留まって、いつまでも見ていた。

部屋に戻ると、トシはもうそこにはいなかった。部屋にあったコンポは壊れて、プレートを小刻みに振るわせながら同じＣＤを再生し続けた。

トシは、それから二度と来なかった。

セイン・もんた

弟が嫌いだ。

咀嚼音がうるさい。平気でゲップするし、デカくて邪魔。遺伝子の力はすごい。同世代の異性ならば、ある程度は距離を詰められてもほとんど不快を感じることのないこの私が、弟にかぎっては目が合うだけで腹が立つ。天敵を発見した猫のように私が睨みをきかせると、弟はパパに似た目を見開いて、ついでにカバのような鼻の穴を大きく広げる。数秒間睨み合って、先に口角が上がってしまうのはいつも私のほうである。悔しい。弟が嫌いだ。

弟は、私が7歳のころに突然現れた。ある時期、パパとママはときどき私をおじいちゃんとおばあちゃんに預けてふたりきりで出かけていた。弟が生まれたのはそのころだった。いや、もしかしたら、大人になって子どもの作り方を知った私が、無意識のうちの邪推によって、2つの別々の記憶を結び付けているだけかもしれない。とにかく、ママのお腹が突然大きくなって、弟が出てきた。

出産の当日。分娩室の隣の部屋で、パパとふたりで弟が生まれてくるのを待った。隣の部屋からママの「もういやーー!」という尋常でない叫び声が聞こえてきて、子どもながらに「もういやと言われましても」と思ったように記憶している。何年かあと、ママの妹に「赤ちゃん産むってどれくらい痛いの?」と問うと、彼女は「うーん。おしりの穴にでっかい綿棒つっこまれて、そのまま電車に乗るくらいかな?」と答えた。私は「どうして電車に乗る必要があるんだ」と笑ってしまったが、もしかしたら、それはいちど乗ってしまえば「産み落とす」という目的地まで降りられず、ひたすら耐えなければならないという「恐怖」の言い換えだったのかもしれない。

無事に生まれてから分娩室に案内されて、看護婦さんが「こんなに大きな胎盤は珍しいですよ！」と、銀のボールに入った大きな胎盤を見せてきた。ほかの胎盤を見たことがなかったから、それがどれほど大きいのかよく分からなかったけれど、今になってスマートフォンで「胎盤」と検索して出てきた画像を見てみると、あのとき見せられた胎盤はたしかに、画面に映っているそれよりひとまわり以上も巨大だったような気がする。ちいさい私は、胎盤をまじまじと見ながら「ママの細い体にあんなものが張り付いていたなんて。ママがこの前倒れたのは、これに栄養を取られていたせいだったのか」と納得した。

パパはママに近寄って「がんばったね」と頭を撫でていた。

弟には「ママドゥ」という名前がつけられた。アラビア語で言うとムハンマド。ママドゥが入っている透明なベッドの枕元に貼ってあるイラストつきの紙には

「ぼくは　いとうままどぅ○○（パパのファミリーネーム）だよ！　よろしくね！」

と書いてあった。ままどぅ。ママドゥ。Mamadou……。長い。言いづらいし、いかにも外国人の名前じゃないか。きっと学校でからかわれるんだろうな、かわいそうに。「アワ」という名前もセネガルの人名であることには変わりなかったが、おじいちゃんが画数を気にしながら当て字を考えてくれたおかげで、「伊藤亜和」は学校の廊下に張り出された習字のなかにもうまく溶け込むことができていた。

ところが、クラスの名簿や、もらった賞状なんかには、やはり、亜和のうしろにパパのファミリーネームがぴったりとくっついている。戸籍上はそれも名前であるという扱いになっているから、私の本当の名前は「東京スカイツリー」のような、もしくは「無罪モラトリアム」ともたとえられるような、硬派な漢字の横に見慣れないカタカナの添えられたキテレツなものになっている。私は集会で名前を呼ばれるのが嫌いだった。上級生の男子たちがコソコソと私の名前をからかう声が体育館の天井に響くたび、私は苛立ちながら下を向いた。私は彼らの名前を誰一人として知らないというのに、彼らは私の顔と名前をしっかりと覚えて入念にからかう。それどころか、学校中の人間が私のことを知っているようだった。由来の分からないあだ名は日によって変わり、流行っているハーフタレントの名前で呼ばれる。これが、「普通」じゃない人間の宿命。ママドゥには漢字が与えられなかった。これでは、ひとときも逃げも隠れもできない。パパとママには、きっとこの苦しみはわからないだろう。

数日経ち、また面会に行くと、弟の名前はママドゥではなくなっていた。出生届を出す直前で変更したようだ。いずれにしてもセネガルのカタカナネームであることに変わりはない。弟をママドゥと呼ぶ覚悟はとっくに決めていたのに、今さら変なことをするなと少し戸惑ったが、箱の中で眠る弟に、また再び「よろしくな」と伝えるような気持ちで、彼の新しい名前を呼んだ。

弟はやがて喋り、立ち上がり、歩くようになった。私と同じ天然パーマの髪がクルクルと伸びて、目はこぼれるほど大きく、両の鼻の穴からはいつも青っぱなが出ていた。このころの弟は本当に可愛かった。まるでトリュフショコラに手足が生えたみたいな愛らしさで、ママは弟のほっぺたをハムハムとかじっては「もったん、もったん」と溺愛していた。弟の名前がうまく発音できなかったおばあちゃんは、弟の名前から「モ」だけを取って「もんたろう」とか「もんた」と呼んでいた。聞き慣れない遥か異国の名前が一転して、なんとトラディショナルな響きなのだろう。畑を掘り起こしたら芋の代わりに出てきそうな名前じゃないか。その一方で、パパの友人であるセネガル人たちは、弟を「セイン・○○」と呼んだ。聖人の名前に付けられる特別な敬称とともに呼ばれる弟が、なんだか私よりも特別な存在であるような気がして、弟がセネガル人の男たちの黒くて大きな手で抱き上げられる様子を、すこし羨ましいような気持ちで眺めていた。

弟は小学校に上がった。みんな、弟に落ち着きがないのは保育園にいたころから薄々察してはいたが、学校で集団生活を送らなければならないにあたって、それはより深刻な問題になっていった。どの学校のクラスにもひとりはいたであろう、机にジッと座っていられない子ども。弟はまさにそれだった。それどころか、毎日のように校門をよじ登って学校を脱走するせいで、校長室で軟禁状態の学校生活を送っていたこともあったし、公園でどんぐりを集めて燃やして、ボヤ騒ぎを起こしたこともあった。

ママ曰く「絶対にパパの遺伝」らしい。たしかに、大人の制止を振り切る弟の俊敏さと、パパのジェットコースターのような運転には同じDNAを感じた。私がママのお腹に置いてきた「野生」を、弟はすべて抱えて生まれてきてしまったらしい。気に入らないことがあるとすぐに癇癪を起こすので、大人たちは自分の体力を保持するためになるべく弟のわがままを聞くようになった。この時点でパパがすでに家庭からいなくなっていたのは、結果的にはよかったのだと思う。ふたりが同じ家にいれば、きっと毎日警察沙汰の大騒ぎになっていたに違いない。それとも、パパがいれば私のようにパパを怒らせない「いい子」になっていただろうか。

あるとき、弟は私が大事に取っておいたサーモンの寿司を横取りしようと襲い掛かってきた。サーモン寿司を取られまいと必死に抵抗する私を見て、ママは「お姉ちゃんなんだからあげなさい」とあきれたように言った。冗談じゃない。弟がいくらわがままを言って泣き叫ぼうが私には関係ない。先にこの家にいたのは私なんだ。これは私のサーモン寿司だ。テーブルを挟んでつかみ合いのケンカになって、案の定、弟は山の向こうの家にも聞こえるくらいの大声で喚き散らし、最後には私の手をひっかいてサーモン寿司を強奪して口に隠すように詰め込んだ。

私は悔しいやら腹立たしいやらで、持っていた箸をバンとテーブルに投げつけ、泣きながら家を飛び出した。家の前の石の階段にうずくまってわんわん泣いた。誰も追いかけてこない。ひどい。どうしてお姉ちゃんだからって我慢しなければいけないのか。大きな声を出せば正義を捻じ曲げたって良いというのか。こんなことがまかり通ったら、弟はろくでもない大人になるに違いない。アイツが嫌いだ。もう、家族の誰とも話すもんか。家に戻った私はそのまま階段をあがり、部屋に引きこもった。誰も心配してくれないことが悲しかった。

月日は経ち、私はいつの間にか弟に身長を抜かされていた。小学生のころと打って変わって物静かになった弟は、学校に行かず、家に引きこもりがちになっていた。「外に出るとジロジロ見られるから嫌だ」と言っていた、というのをママから聞いて、私は珍しく弟に同情した。人の視線が怖くて、私自身も下を向いて外を歩いていたころがあった。その気持ちは痛いほどわかる。これからどうするつもりなのか、思い切って膝を突き合わせて聞いてみると、弟はポツリポツリと話しだして、モデルになりたいと言った。お前みたいなアホ面にモデルができるもんかと毒づきそうになったが、夢を否定するのはよくない。東京に行ったことがない弟を連れて私のモデルの現場に行ったり、怪しい事務所に騙されないように、保護者として面談で怖い顔をする役をやったりした。その帰りにはいつも弟が行きたいというお店に行って、好きなだけご飯を食べさせた。私も歳を取ったのか、弟が私のお金で飯を頬張っている姿を見るのは存外気分がよく、サーモン寿司を奪われたときのあの怒りが嘘のように思えた。帰りの駅で酔っぱらった私が「彼女はいるのか」としつこく聞くと、弟はうるさいなぁと言いながらもスマートフォンに保存してあった彼女の写真を見せてくれた。ママに言わないでよ、と言われたので、私はすぐさまママに言いつけた。

もうすぐクリスマスがやってくる。去年のクリスマスの朝、目を覚ますと枕元にちいさなプレゼントが置いてあった。数年ぶりのサンタクロースの来訪に驚き、包みを開けてみる。中には流行りのかわいらしいヘアブラシと、弟の名前が添えられたメッセージカードが入っていた。

今年はなにをくれるのだろう。よろしくな、セイン・もんた。

いれもの

ふと自分の髪の歴史を思い出してみようと考えた。まず、私の歴史は大きく2つに分けられる。

「縮毛矯正以前」と「縮毛矯正以後」である。

このサラサラヘアーを手に入れてから長らく経つので、時々自分でも忘れてしまうが私はもともとアフリカ仕込みの超カーリーヘアーだ。小学生か中学生の頃、教科書に縮毛は優勢遺伝だと書いてあったので、ストレートヘアの母とカーリーヘアの父の間に生まれた私の髪がカーリーなのは必然なのであった。

周りの大人たちにはかわいいねぇ？　と言われていたけれど、私自身はこのちぢれ毛のことは全く気に入ってはいなかった。みんなと同じようなヘアスタイルはできないし、櫛は何の役にも立たない。虫が迷い込んでそのまま死ぬ。それに、毎朝母がしてくれた編み込みの痛みは強烈だった。朝食を食べている私の髪を、後ろに立っている母が力任せに引っ張りながら編み込むものだから、私は食パンをくわえながら涙を流して耐えていた。そのおかげなのか、着物の帯を思いっきり締め上げられても、ピンヒールで足を踏まれても、文句ひとつ言わないくらい私は痛みに強くなった。「大丈夫です！　私、痛覚ないんで〜ははは」とか言うと「魚かよ」とツッコまれる。

そういうわけで、中学校に上がった瞬間、縮毛矯正をした。一大事件だったはずなのに、はじめて自分の髪が真っ直ぐになったときの感想とか、正直よく憶えていない。太陽を見つめても眩しすぎてその形が見えないかのように、私の中でそのときの記憶はぼんやりとしたものになっている。

ただ、自分の頭の形をはじめて目視して、卵みたいだな、と思ったことは憶えている。

夢にまで見た憧れのサラサラヘアー！　だったけど、理想とはちょっと違っていたかもしれない。

当時の美容師さんには嬉しいです、ありがとうございますなんて言った気がするけど、いや、美容師さんの技術はたしかに完璧だったんだけど（この人はのちにニューヨークで活躍する美容師さんになった。なので本当に上手だったと思う）。でもなんと言うか、本当にすごくサラサラで、今まで毛玉に覆われて誤魔化されていた自分の幸薄な顔と痩せっぽっちな体が丸出しになってしまったような感じがして、私はこれまでとは違う、また新しい虚しさを知った。ひねくれていない言い方をすれば、最大の悩みが消えたかと思えば、それまで気に留めていなかった些細なところが気になってしまった、ということなのだろう。髪がストレートになればみんなと同じように制服が似合うかわいい女の子になれると思っていた。でもそうじゃなかった。脚と腕は棒切れみたいに細くて、蚊に刺されの跡が色素沈着していて節々は黒ずみ、胸は真っ平。目が大きいせいでクマが目立って、カサカサのたらこ唇が顔の半分を占めているような存在感を放っていた。

髪を伸ばしたくらいじゃ、周りの女の子みたいな、生命力のある多少の肉付きや、汗ばんだバラ色の頬は手に入らなかった。

母は悩んでいた私にピンク色のチークを買ってきてくれた。塗ってみると顔色が一気に明るくなって、嬉しくなった私は翌日顔中にチークを塗りたくって登校した。同級生に「亜和！　顔が真っ赤だよ!!」と言われたのは言うまでもない。

合唱団に所属していたとき、練習場には大きな鏡があって、その前にみんなで立って歌っていたのだけど、ある日、鏡に映る貧相な自分を見ていたらとてつもなく悲しくなって、歌いながらポロポロ泣いてしまったことがあった。
先生が近づいてきてもっと大きく口を開けるように言ってきたけど、先生はあのとき私が泣いてたのに気づいてたんだろうか。今でも時々その光景を思い出す。

1年ほど経って、髪をロングからボブにカットした。母がカールアイロンで髪を巻いてくれて、顎のラインに沿って丸まった毛先が私の無機質な造形に女の子らしい丸みを与えてくれた。ロングヘアのときには似合わなかった紫のドーリーなワンピースがとても良く似合うようになって、私はこのときになってはじめて「私も女の子になれるかもしれない」と思った。

それから今まで、髪をカーリーヘアに戻そうと思ったことはない。大学生になるまで、母は3ヶ月にいちど、2万円ほどかかる縮毛矯正のお金を出してくれた。
ストレートの髪は私の陰気な性格に合っていて、前髪をぱっつんにしてからは「やっと本当の自分を取り戻した」ような感覚にさえなった。性適合手術を受けた人もこんな気分なんだろうか。こんな瑣末なことと一緒にしちゃいけないんだろうけど。

美容師さんの反対を無視して、お風呂場で当時の彼氏にブリーチ剤を塗ってもらって、真っ赤な髪にしたこともあった。赤が飽きたら紫にもした。それでもボロボロにはならなかった。無理させてごめんなさい。ありがとう美容師さんと私の髪……。

縮毛矯正っていつまでできるんだろう。やっぱりおばあちゃんになったらやめなきゃいけないのかな。でもその頃にはきっと遺伝子ごと組み換える薬とかできてるんじゃないかな。でもその前にカーリーに戻したくなったりして。

どちらにせよ、必ずしもありのままが理想だなんて思えない。魂のいれものが、生まれながらにそれに適しているとは限らない。

優勢遺伝だから、私の子どももカーリーなんだろうな。その子はどっちにするんだろう。

少なくとも、その子が学校に行く頃には、コーンロウで卒業式に出られる世の中になってほしい。

II

アヒルの子

誰かに紹介してもらうとき、その人はだいたい、私のことを「モデルさんなんだよ」と言う。

どうしてみんなモデルじゃなくてモデルさんって言うんだろ。私は紹介されるたびにそう思う。みんなモデルに弱みでも握られているのかと考える。

私は自分からモデルですと名乗ったことは一度もないと思う。自分がモデルを名乗れるような人間だと思ったことは一度もない。もちろん、お金をもらう以上はできるだけ自信があるように努めて見せるけど、どれだけ褒めてもらえても、本当に私でよかったのかなと不安になる。

小さい頃から「将来はモデルさんね！」と周りに言われてきた私が、どうしてここまで後ろ向きな人間に育ってしまったのかわからない。

みんなが求めているようなモデル仕草も恥ずかしくって、出先で写真を撮ってもらうのにも勇気を振り絞る。撮ってもらっても、照れ隠しの薄ら笑いの写真ばかりで全然らしくない。先日も友達に「モデルなのにインスタにふざけたストーリーを流すな」と怒られた。

今年に入って、所属事務所を移籍した。今度の事務所は社長がロシア人の女性で、所属モデルもロシアやウクライナから来ている人が多い。みんな信じられないような美しさで、こんなところにどうして入れてもらえたのかわからない。

オーディションで他のモデルに会うと、相手はニコニコしながら手を振ってくれるのに、私は堅苦しく会釈したあと、その場に相応しくないことを察知して下を向く。社長も他のスタッフも本当に優しくて、それに報いる結果を出せないことが悔しい。忸怩たる思いですと言いたいところだけど、きっと伝わらないので、私はすみません、と縮こまる。

普通の社会人としても、モデルとしても、どちらにも求められているとは思えなくて、宙ぶらりんな自分。情けないのはその自分を貫いていれば誰かが選んでくれる、そういうこともあるのだと知りながら、それを信じ切ることもできず白鳥のモノマネをする無様な姿だ。

私は掘ってもめくっても暗い人間。私はそのことを覚悟しなくちゃならない。

家に入ってきたママがニヤニヤしている。

一体なにを考えているのか、さっきからなにか言いたげにくねくねとしている。それは私の卒論について、マレ先生が書いたコメントと関係があるのだろうか。

フランス語で講評が書かれたプリントを、ママはいつのまにかパパのところへ持っていって翻訳を頼んでいたらしい。私は大学に入学したころに大ゲンカをして以来、パパと会っていない。

「なんか、すごいって。よくわかんないけど新しい、って書いてあるって」

ほんとか？　こんなに長々と書かれているのに、小学生の感想文みたいだな、と私は思ったが、これはおそらく、翻訳者、つまりはパパの日本語のボキャブラリーが少ないことによって、表現のピクセルが大きくなってしまった結果だろう。そもそも、4年間もがき苦しみながらフランス語を学んでいたはずなのに、自分で翻訳しようと試みてもいない私は、はたして大学でなにを得たのだろうか。この4年間で分かったことは「私は外国語にあまり興味がない」ということだけだったように思える。最後の口頭試問でマレ先生に「あなたのフランス語は宇宙語です」と言われて、私は悪びれる様子もなく、弾けるような笑顔を返した。

ところで、先ほどからのママの薄ら笑いはなんだ？

「なに？」と聞いてみると、ママはパパから翻訳の内容とともに持ち帰ってきた、驚くべき告白について話しはじめた。

「なんかパパが、娘がいるとか急に言いだして」

「私じゃん」

「ちがくて、ほかにいるらしい。フランスに」

「フランス？　それ、いつの話？」

「日本に来る前だって」


ママは嫌いな上司のとっておきの秘密を暴露するようにそう言ったあと「もう我慢できない」というような様子で、むせるように笑った。

ママと結婚する前に、ほかの女とこさえた娘がいる。30年近くも黙っていたことを、どうしてパパは今さら話す気になったのか。というか、どうしてこのタイミングなのか。なにより、ママはどうしてこんなに笑っているんだろうか。笑いごとではない。それが事実なら、ママはその存在を隠されたまま結婚生活を送っていた、ということになる。子供がいるのを隠して結婚するなんて、とんでもなく重大な裏切りのように感じられても仕方がない。私ならそう思う。しかし考えてもみれば、パパとママの結婚生活はとっくに終わっているし、今さら文句を言う気にもなれず、こうやって他人事のように笑うしかないというのも納得できるような気がする。もはや、笑うしかないのだ。私もママにつられて低い声でククと笑って、しばらくふたりで壊れたように笑っていた。

突然現れた「お姉ちゃん」という存在。ちいさい頃、お姉ちゃんがいたらどんなに良いだろうと夢見ていた。私は母方のおじいちゃんとおばあちゃんにとって初めての孫だったし、そのあとに生まれてきた従弟たちは全員男子。そして当然ながら私より年下だった。いつも「お姉ちゃん」としての役割を任されたりするものの、私は面倒見が良いほうではなく、結局集まってワイワイと遊ぶ従弟たちとは、歳を重ねるにつれ一線を引いて過ごすようになってしまった。轍のない道を進むのは心地よくもあるが、拠り所のない不安もある。同じ両親のもとで、同じ性別で、同じ国に生きる姉がいたとしたら、どんなに頼れる存在だっただろうか。

母親も国も同じではなかったけれど、私以外にあの人の「娘」として生まれた人間がいるというだけで、この上なく心強いように感じた。いたのだ、同じ遺伝子を持ったお姉ちゃんが。

お姉ちゃんの名前は「ノギ」という。歳は私よりだいぶ上で、少し前までモデルをやっていたらしい。名前を検索にかけてみると、彼女のものと思しきインスタグラムのアカウントが見つかった。

大きな唇と大きな胸を強調した女性のセルフィーがズラリと並んでいる。歌を歌いながら、カメラに向かって魅惑的なジェスチャーをする動画もあった。これが私のお姉ちゃん……。たしかに顔のパーツ配置は私と近いような気もするが、私に付いているすべてのパーツを2倍にしたようなダイナマイトな女性がそこには映っていた。横に広いひし形の鼻がパパにそっくりだ。こんなに細いのに、どうして胸もおしりもこんなに大きいんだ？　私はママのほうをチラリと見て、日本の控えめな遺伝子の影響に唇を噛んだ。セルフィーの間には、有名ブランドのバッグや靴がこれでもかというほど散りばめられている。プロフィールには「Top Model」の文字。自らそう名乗る自己肯定感。本当にこれが、私のお姉ちゃんなのか？　一緒にスマホの画面を見ていたママは「めっちゃアワに似てるー！」と言ってまたケラケラと笑い始めた。

「なんか、モデルの仕事でヌードやったら親戚とケンカになっちゃって、それでモデルはやめて今は会社経営してるんだって」

下にスワイプしていくと、お姉ちゃんのセクシーな写真のなかに、高校時代のおぼこい私の写真が埋もれていた。「私の妹♡かわいい♡」とフランス語で書いてある。本当にお姉ちゃんらしい。私はようやく姉の存在を理解した。

フェイスブックにもお姉ちゃんのアカウントがあったので、おそるおそる友達申請をしてみると、その日の夜、さっそく彼女からメッセージが送られてきた。

「Hello Awa」

英語かフランス語を話せるかと聞かれて「話せないけど、翻訳機を使うから大丈夫だよ」と拙い英語で返信した。

「あなたのことは前から知ってた。私は同じパパを持つあなたの姉です。お話しできてとても嬉しい。あなたのことがもっと知りたい」

そう言って彼女は、私の写真をたくさん送ってきた。パパがお姉ちゃんに送っていたのだろうか。パパと私がケンカをした後の私の写真は当然なく、どれも中学や高校の頃の化粧もしていない古い写真ばかりだった。私は「それはすごく古い写真だよ」と返信して、それから最近モデルの仕事で撮ってもらった自分の写真を何枚か送り返した。またすぐに返信が来る。

「私とあなたはとっても似ている。パパはいつもあなたの話をしていたわ。あなたは私のたったひとりの妹。それがすごく誇らしい。私はヨーロッパに住んでいて、トップモデルだったんだけど、今はもうやめちゃった」

お姉ちゃんは現役でモデルをしていた頃の写真を送ってくれた。SNSに載っていた今の写真よりさらにほっそりとしていて、まるで丁寧に彫られた美しい木の人形に、そのまま命が宿ったかのようなランウェイでの姿。トップモデルというのはこういう人のことを言うのだな、と痛感した。金色のベリーショートも、黒髪のロングヘアーもよく似合っていた。シースルーの衣装から透けているおへその形が私と同じことに気がついて、じんわりと嬉しくなる。お姉ちゃんは話題を変えた。

「アワ、どうしてパパと話さないの」

お姉ちゃんは、私たち親子の近況についてもすべて知っているようだった。もしかしたら、パパは私との仲を取り持ってもらうためにお姉ちゃんの存在を明かしたのかもしれない。私は

「私はずっとパパの前でいい子でいたけれど、それに疲れちゃった。それにパパは私のこと殴ったから」

と返信した。

文法のめちゃくちゃな英語に、フランス語の交じったテキスト。この日まで存在すら知らなかったお姉ちゃんに、同じ部屋を分け与えられた姉妹のように、両親が寝静まった真夜中にこっそりと打ち明けるような気持ちで話した。お姉ちゃんならきっと解ってくれると思った。お姉ちゃんは言った。

「私たちのパパはとっても気難しいの。私たちは理解してあげなくちゃ。たしかに、殴ったことは謝らないといけないって、パパは言ってた」

理解？　理解なんてできっこない。


「私は日本に暮らしてるの。ほかの子と同じように自由に生きたい。だから、パパの言うことも聞けない。パパが私に謝るわけないし」

「謝りたいって本当に言ってたのよ。だからパパと話して。お願い」

「話したくない。怖い」

「どうして怖いの。パパが話したいって、アワに電話するって。大丈夫よ」

「絶対に嫌！」


とにかく私はパパとまた接点を持つことが嫌だった。もし、パパを許して元の関係に戻ったとしても、これから先、きっとまた同じようなことが起きる。私は価値観を押し付けられて行動を制限されるなんてまっぴら御免だ。私とお姉ちゃんは違う。お姉ちゃんはどうしてモデルやめちゃったの？　私なら絶対やめない。私だったら、親族全員と殴り合ってでも続けてやる。お姉ちゃんも結局、パパには歯向かえないんだ。完全に味方ではいてくれない。私はお姉ちゃんに失望した。私の強情さにお姉ちゃんもうんざりしたのか「ヨーロッパに来たときは連絡してね。おやすみ」と返信がきて、その日のやり取りは終わった。

それから何度か「元気？」とか「どうしてる？」とか、短いメッセージがきたけれど、またパパの話をされるのが嫌で、返信はしなかった。そのうちメッセージは来なくなって、お姉ちゃんのアカウントの更新は止まった。

最近になって、ママがまたパパからお姉ちゃんの話を聞いたらしい。

「なんか、お姉ちゃんもパパとケンカして絶交したらしいよ」

そう言うと、ママはあのときと同じような表情で眉毛を下げてヘラヘラと笑った。私も私で、あんなに説得してきたお姉ちゃんすらパパと仲違いしたのがおかしくて、それみたことかと思いながら下を向いてほくそ笑んだ。やっぱり理解なんかできっこないよ、あの人。

お姉ちゃん。お姉ちゃんが今、どこでなにをしているか私は知らない。お姉ちゃんがインスタグラムに載せていた私の写真も消えちゃったし、今朝メッセージで送ったスタンプにも既読がつくことはないでしょう。もし会えたとしても言葉も通じない。ちゃんとマレ先生にフランス語を教わっておけばよかった。パパは寂しがってるかな。でも、私たちの我慢ができない性格は間違いなく、パパからの遺伝だね。みんなバラバラになって、私はようやく、しっかりと絆が見えたような気がします。

いつかまた連絡ください。元気でいますか、お姉ちゃん。

竹下通りの女王

原宿の竹下通り。東京の大学に入学して、私ははじめて竹下通りにやってきた。少し坂になっている入り口を下って、小さな店が所狭しと並んでいる通りを進んでいく。観光客や学生の群れでつくられた人ごみに押し流されながら、テレビに映っていた流行りの店の様子をぼんやりと眺めていた。べつに、なにか目的があってここに来たというわけではない。これまで横浜という街ひとつで完結していた私の生活に、新しく東京というステージが加わって、目に映るすべてが刺激的だった頃だ。この頃の私は山手線をなぞりながら、目的もなくフラフラと街を歩くのが習慣になっていた。今日は竹下通りを一往復してみようと思い立って電車を降り、この場所にたどり着いた。

どこまで続くとも知れない道をキョロキョロと見まわしながら歩いていると、派手な衣装屋を通り過ぎたあたりから、なんとなく空気が変わるのを感じた。道の両脇に、パネルのようなものを持った黒人たちが数人で固まって立っている。彼らは皆、通り過ぎる人々をジッと見ていて、時折仲間たちと談笑していたかと思えば、思い出したように通行人に近づいて声を掛けていた。声を掛けられた人はそれに応答することもなくそそくさと逃げていき、逃げられた彼らはまた何事もなかったかのように定位置に戻っていった。そんな光景が、数歩進むごとにまばらに繰り返されている。あの人たちはなにをやっているんだろうか。不思議に思っていると、不意にその中のひとりと目が合った。彼は私を見つけるなり満面の笑みを浮かべて右手を上げ、私に向かって「エイ！　シスタ！　シスター！」と叫んだ。驚いているうちに、それに反応して、他の黒人たちも私に向かってワッツアップ！　シスタ！　と口々に叫び出し、すっかり怖くなってしまった私は、踵を返して来た道を駆け足で戻り、竹下通りから逃げ出したのだった。

子どもというものは、親の職業についていつ知るのだろう。ドラマでよくあるような「おとうさんのしごとについて」の作文を書くイベントも私の学校にはなかったように思う。幼い頃の私は、自分の父親が一体何を生業としているのかわからなかった。私は初対面の人に「お嬢様でしょ？　お父さんは外交官かなにか？」と聞かれることがある。なぜだかはわからないが、もしかすると、ママから譲り受けたと思われる物静かな性格と、どこから湧いて出たのかわからない由来不明の気品（のようななにか。気品ではない）がそう思わせるのかもしれない。ところが、そう言われるたび、私の頭のなかには、幼稚園の帰りに見たあの光景が蘇る。どこからか集めてきた大量のゴミが積まれたトラックに乗って、こちらに手を振りながら笑顔で走り去っていくパパの姿。この記憶から考えるに、私は少なくとも外交官の娘ではないことは確実だった。私は私からにじみ出たバッタモンの気品に騙された大人たちを憐み、目を細めることしかできない。

祖母は大人になった私に「パパは洋服を売っていた」と話した。パパは店を持って商売していて、祖母が金を貸したこともあったらしい。結局店は上手くいかずに廃業し、その後は転々と職を変え今に至るようだった。私が見たトラックに乗ったパパは、おそらく廃業したあとの姿だったのだろう。そういえば、パパの持っていた車が、３人家族には大きすぎるミニバンから平べったい中古車に変わったのもこの頃だったような気がする。ミニバンに乗っていた頃は、車の後ろに大量の服が吊り下がったラックを積んで、横須賀のどぶ板バザールに参加したこともあった。組み立てた緑の大きなテントでパーカーやＴシャツを売るパパの足元で、私はおもちゃ箱からかき集めたハッピーセットのおもちゃを、丁寧にレジャーシートに並べて売っていた。最初は１００円で売っていたけど誰も買ってくれなくて、20円にしてみると通りがかった親子連れに次々と売れていった。お金が手に入るよりも「ほしい」と言ってもらえることが嬉しくて、ほとんど服の売れないパパに、私は10円ばかりが集まった集金箱を得意げに見せた。パパはすごいねと褒めてくれたけど、本心では親子共々商才がないことを嘆いていたに違いない。

パパは年に何度か、仕事だと言って私とママを置いて韓国に行った。電車にはほとんど興味はなかったけど、私はいつも、パパが乗り込んでいく成田エクスプレスの赤に憧れていた。韓国から帰ったパパは、お土産にいつも決まって「高麗人参チョコレート」なるものを買ってきた。チョコレートに人参が入ってるなんてきもちわるい。今ならほとんど抵抗なく食べられるだろうけど、子どもの私にとっては食べてみようという好奇心すら湧かないゲテモノだった。決して食べはしないものの、どんなものかは気になって、私はチョコレートがしまわれた冷蔵庫を、虫かごをおそるおそる覗くように何度も開けてはパパに向かって苦い顔をした。誰も欲しいと言っていないのにどうして毎回買ってくるんだろう。きっと、チョコレートを見たときの私の反応が面白かったのかもしれない。

竹下通りから逃げ帰ったあと、私は彼らについて考えていた。彼らは一体何をしていたんだろう。何かを売っているように見えたけど、それが何なのかは分からなかった。「竹下通り　黒人」と調べてみると、それに続いて「客引き」と表示された。サジェストに従うまま検索結果が表示される。一番上に出てきた知恵袋のサイトを開いた。

「原宿の竹下通りに立っている黒人たちはなにをしているんでしょうか」

「服の押し売りです。ついて行ってしまうと本物か偽物か分からないブランド商品を高額で買わされてしまいます。何か買うまでお店から出してもらえません。話しかけられても無視してください。近づいてはいけません」

服、黒人、パパの仕事。記憶の中のパパが分厚い唇で「ハラジュク」と言った。いたのだ、パパもあの中に。誰もが嫌な顔をして通り過ぎるあの道の集団のなかに私のパパもいて、私はそれで稼いだお金によって育てられたのだ。断片的な記憶がパズルのように繋がった。悲しいような、笑えるような気持ちになって、私は画面を見つめたまま乾いた声で笑った。私はもういちど、竹下通りに行くことにした。

また同じように人の流れに身を任せて通りを下っていき、彼らの現れる場所までやってきた。相変わらず、彼らの声に誰も足を止めてはくれない。彼らもわかっているようで、いちいちしつこく追いかけることはしないようだった。私の歩いていく先に立っていた黒人の若い男が私を発見して、「ヘイ、シスター」と笑顔で右手を差し出してきた。この前は彼らの得体の知れなさに恐怖を感じて逃げ出してしまったが、この日の私は逃げなかった。私には目的があった。彼らと話すという、大切な目的があった。私は真っ直ぐ彼のほうへ近づいて彼の右手を握り、おそるおそる「こんにちは」と挨拶をした。彼は最初、英語で早口に話しかけてきたが、私が英語を話せないとわかると、オーケーと言ってそのあとは日本語で話してくれた。

「シスター、美しい人。どこから来たの？　名前は？」

「横浜だよ。アワ。あなたはどこから来たの？」

「俺、ナイジェリア。マーク。シスターはガイジンじゃない？　どうしてイングリッシュ話せない？」

「日本で育ったから、英語わかんない。お父さんはガイジンだよ」

「そっか。お父さんなに人？」

「セネガル」

「セネガルね！　私の友達にもいるよ！」

「私のパパ、ここでお店やってたみたい」

「パパなんて名前？」

「ジミー。たぶん、ジミーセネガルって呼ばれてた」

「ジミーセネガル……知らないなぁ」


そう言って、マークは周りにいた仲間たちに「ジミーセネガルってやつ知らないか？」と聞いた。彼らは「わからない」と言って首を傾げた。無理もない。私がずっと小さかった頃のことだし、彼らは見るからにパパよりも若そうだった。「新しいひと、どんどん来るからね。たくさん」と彼らは言った。私は、パパが家族の外でどんなふうに生きているのか知りたかった。私はパパがどんな考えで、どんな冗談を言い、どんなふうに友達と話すのかを知りたかった。私になんでも買い与え、べたべたと甘やかし、少しでも反抗すれば殺しにかかるような勢いで叱る。この極端さのあいだにあるものが、もしかしたらここに転がっているのではないかと淡い期待を抱いてやってきた。だけど、もうここにはジミーセネガルを知っている人はいない。私の知らないパパを知っている人はいない。マークが手に持っているラミネートされた紙には、洋服のデザイン表のようなものが印刷されていた。パパのミニバンのドアポケットに入っていた表とよく似ている。かわいい絵がいくつも描いてあるその紙を、私はパパが運転する横でずっと眺めていた。大人になって思い返して、あれはタトゥーの見本表かなにかだと思っていたが、こうやって仕事で使うためのものだったのかもしれない。

「アワ、俺たちのシスター、パパと仲良くしてね」
私は「うん」と言って、彼らとそれぞれ握手をした。ひとりが「シスター！ かっこいい服いらない？ 安くするよ」と言ってきたので、私は笑顔のまま「いらない」と答えてその場を去った。

あれから今日まで、何度も竹下通りを歩いた。デートをしていて、遠くのほうから「おい！ 俺たちのシスターになにしてる!!」と騒がれ、ふたりで苦笑いをしながらそそくさと立ち去ったこともあった。以前のような恐怖や不快感はない。あるのは、親戚のおじさんたちに茶化されるような妙な気恥ずかしさだ。最近は人数もだいぶ少なくなって、彼らを見かけない日もある。当然、こんな怪しい商売はそう遠くなく完全に排除されるに違いない。そのとき彼らはどこへ消えていくのか。そして、彼らにもいるかもしれない妻や子どもたちはどうなっていくのだろう。他人ごととは思えない。

パパと過ごした記憶も、シスターと呼ぶ声も、私の中ですこしずつ、遠く薄れていく。

ウサギ小屋の主人

大学に入学してからすぐ、私は都内でアルバイトを探した。東京で学生生活を送ることになり、私は「東京の女」になった実感が欲しかった。高校生だった頃は、みなとみらいの焼き鳥ダイニングバーでバイトをしていた。そこは高校生のバイト先にしては洒落たバイト先だったし、比較的時給も良かったけれど、せっかく東京で大学生活を送るからには、高校生ではできなかったことがしたいと思っていた。この1ヶ月ほど後に私とパパは、今なお因縁を残す大喧嘩をすることになるのだが、私の中では、この頃からすでに「パパから自由になりたい」という欲求が芽生えていたのかもしれない。パパの目の届かないこの地で、私は新しい自分を手にいれたかったのである。

思い返せば、高校での3年間は地獄だった。地獄と聞いて想像するのは、煮えたぎった釜に放り投げられもがく様子か、業火に激しく体をあぶられて苦しむ姿かもしれないが、私にとってこの3年の地獄は、真っ暗闇のなにもない空間に、たったひとりで閉じ込められているようなものだった。誰とも心を通わすことも触れ合うこともできず、闇の中でジッとうずくまっているような日々。私は陰気で卑屈で、誰とも交流を築こうとはしなかった。キラキラと輝いている同級生たちを心の中で冷笑し、羨ましい気持ちを打ち明ける勇気もなかった。せっかく話しかけられても気の利いたことが言えず、相手が気にもしていないであろうことをいつまでも悔やんでウジウジと悩んでいた。高校時代の記憶は全く残っていない。もっと積極的に心を開いて、青春というものを謳歌することができていたら、といまだに悔やんでいる。

悔やんでいたのは卒業した直後の私も同じだった。大学では過去の私を知っていた人は誰もいない。ひとり、同級生の男子が同じ大学に進学していたが、学部が違うからもう接することはないだろう。私は大学入学を機に生まれ変わると決意していた。中学の同級生だった引っ込み思案の女の子が、同じ高校に進学してダンス部に入部したとたん、花が咲くように明るくなったのを見ていた。私もここでそうなると決めていた。人と話そう。人と会話をする練習をするのだ。人と会話する練習ができるアルバイトはなにか。水商売である。

さっそく私はラウンジやクラブの求人を見漁った。5千、6千、高校生の頃では想像できないような高額な時給設定が躍っている。きらびやかな店内の写真が次々と表示されて、まだ私が足を踏み入れたことのないテーマパークのような世界がこんなにもあったのだと興奮した。相変わらず自分の容姿に自信はなかったが、東京のこんな場所に来るような高貴な大人の中には、私のような人間に興味を示してくれる物好きもいるのではないかと希望が湧いた。夜の世界で自分にどのくらいの価値があるか見当もついていなかった私は、今考えれば恥ずかしくなるほどの高級店に面接希望の連絡を送った。奇跡的に返信が来て、後日その店で面接を受けることになった。

六本木駅に着いて大通りに沿って歩き、しばらく進んだ後にちいさな脇道に逸れた。ひっそりとした路地に芸術家が控えめに建てた邸宅のような美しい建物があり、インターフォンを押すと目の前の門がひとりでにガチャリと開いた。建物の中には小さな階段だけの薄暗い空間があって、階段を上がった先には白い壁があった。ただの変哲もない壁ではなく、ローマにある真実の口のような、コインのような大きな円がかたどられていたような気がする。戸惑いながら壁とにらめっこしていると、壁だと思っていたものが厳かに横に動き始め、突然目の前にシンデレラ城のダンスホールのような空間が現れた。これが会員制クラブ。天井から地上を覆うような巨大なシャンデリアがぶら下がっていて、私は空間を包むように曲線を伸ばした大きな石造りの階段の上に立っていた。

フロアを覆うガラスに自分の姿が映る。一張羅を着てきたはずの自分が一気に野暮ったく見えて、恥ずかしくて帰りたくなった。私を迎えてくれた黒服の男の人は終始感じの良い人で、私にオレンジジュースを出して丁寧に面接してくれた。あまりにも和やかに面接が進んだので、なにも知らない私は帰路につきながら「合格したに違いない」と浮かれていた。当然だが、その後合格の連絡が来ることはなかった。未成年で語学力も教養もない芋娘がいきなり働ける場所ではないのだ。それでも私は身の程を弁えず、同じような高級店に何度か面接に行った。結果はやはり、全て不合格だった。

ようやく冷静になり始めた私は、高級店以外の求人も探し始めた。バイトルを上から下まで延々と掘り続け、ふと私の指は「バニーガール」の文字の上で停止した。バニーガール。存在は知っているけど、実際に見たことはなかった。バニーガール。ピタッとしたボンテージみたいなものを着ていて、お尻が出ている格好なのはなんとなく想像できる。バニーガール。私がバニーガールの服を着たらどんな感じなんだろう。バニーガール、なってみたいかも。バニーガールのコスチュームにも興味があったし、お酒が豊富で知識が身に付くという謳い文句も魅力的だった。それに、冷え性の私には「暖房完備！　露出が多くても寒くない！」という一文が決め手になり、数日後に面接を受けることにした。

恵比寿にあるその店はアブサンとウィスキーを専門にしたガールズバーだった。あとからなんとなくわかったことだが、店長はもともと普通のオーセンティックバーを作りたかったのだと思う。バニーは集客のために存在しているに過ぎず、ここで働くバニーたちはそれも理解したうえで「私たちは上等な酒を扱っている」という自負を持っていた。ドリンクを貰った女子のほとんどが爽やかにラフロイグソーダを飲み干すガールズバーが、ここ以外いったいどこにあるだろうか。20歳になるまで、私はそんな先輩バニーたちを横目に見ながらオレンジジュースを啜っていた。面接に行ったとき、店長は私の顔をまじまじと見てから、感心するように「いやぁ、良いとこ取りですねぇ」と言ったのを憶えている。

私が探していた高貴な物好きは、ウサギ小屋の主人をしている190センチほどもあるソフトモヒカンの大男だった。縦にもデカいが横にもデカく、丸眼鏡にエプロンをしていて、キャラクターとしてあまりにも完成度が高かった。私はその場でスケジュールを聞かれ、バニーガールとして働くことになった。初出勤の日を5月10日に決めたことを今も憶えている。なぜなら、私はその5月10日には出勤することができなかったからだ。私はその日の昼間、パパと警察沙汰の大喧嘩をして顔にいくつもケガをしてしまった。鼻血がついたシャツを着たまま店長に電話をし、泣きながら「ごめんなさい。今日は行けません。でも後日必ず行きます」と言った。なんとなく約束を破るような人間だと思われたくなくて、一生懸命説明した。泣きじゃくる私に電話越しの店長は明らかに困惑していたが、私のケガが治って出勤できるまで待っていると言ってくれた。

はじめてバニーを着た日、更衣室で鏡を見て浮かんだ言葉は「パパママごめんなさい」だった。想像していたよりもハイレグの角度が鋭くて、こんなきわどい衣装を人前で着ると思うと育ててくれた両親へのうしろめたさを感じずにはいられなかった。はじめてお客さんの前に立ったときは、あまりの恥ずかしさに汗が止まらず、話している間ずっと手で股間の部分を隠していた。不思議なことに、そんなことをしていたのは初日だけで、2日目には恥ずかしさはほとんどなくなっていた。

大人の隠れ家「シェルター恵比寿」は、恵比寿駅の西口からしばらく歩いたところにあるビルの地下にある。地下にあるからシェルターという名前なのか。たぶんそうなのだと思う。本当のシェルターとして使えるのではと思えるほどの分厚くて重い扉。力いっぱい引かないと開かないので、営業していないと勘違いして、踵を返してしまうお客さんも多い。店内には20席ほどのL字型のカウンターが、狭くて薄暗い店の中の大部分を占拠するように横たわっている。バニーたちが立つカウンターの後ろには、店長こだわりのウィスキーがびっちりとディスプレイされている。アブサンが並んでいる一角には、真鍮とガラスで作られた高価なアブサンタワーが芸術品のように置かれていた。これらのコレクションを、バニーたちは店長の目が光る中で、細心の注意を払って丁重に扱わなければならなかった。うっかりウィスキーをシングルより多く注いでしまったりすると、店長は低い声で「ふざけんなてめぇ。一杯いくらだと思ってる。」と私たちを叱った。

店長はとても口が悪かった。先輩のバニーから「店長の『ふざけんな』と『馬鹿野郎』は、ラッパーの〝Hey〟とか〝Yo〟だと思って気にしないこと」と教わった。それでも、叱られることに免疫がなかった私は怒られるたびにメソメソ泣いた。入って早々耐えられずに辞めていく子も多かった。店長は私たちにだけでなく、やってくるお客さんにも厳しかった。ある程度のバカ騒ぎは許す（ガールズバーだから当然だ）が、高い酒を味がわからないくせに大量に飲んだり、常軌を逸した無礼な客がいると、店長は平気で「帰れ」と怒鳴って追い出した。客を選んで育てていく。商売全てに通ずることを、店長から教わった気がする。それにしても言い方がひどすぎるので、ときどき気の強いバニーに叱られたりもしていた。

私がいた約6年のあいだに、シェルターは3店舗に増えた。店長の肩書はオーナーに変わって、オーナーは新店舗ができるたびにそこへ移動した。私はオーナーの性格をよく理解しているバニーのひとりとして、オーナーと一緒に店舗を渡り歩いた。オーナーを叱れるような屈強な先輩たちは結婚や子育てで次々と卒業していき、いよいよ私が最古参になった。その頃には厳しくしすぎると女の子が定着しないのを察してか、オーナーは本当に少しだけ優しくなったような気がする。3店舗目が軌道に乗り始めた頃には、オーナーは店の日替わりメニューとして手作りのキューバサンドや本格カレーを出し始めた。これが今までに食べたことがないくらいの絶品で、私たちは店締めの作業が終わった明け方、オーナーが山盛り作ったチキンビリヤニをたらふく食べたりした。「おかわりあるぞ。どんどん食え。」とぶっきらぼうに言うオーナーも、顔は少しほころんでいるように見えた。

コロナによる非常事態宣言が発表されて、飲食店の自粛が始まった。政府がいうことであっても自分が納得しなければ絶対に従わない、という性格のオーナーは、私たちの生活のために、限界まで店を開けてくれていた。それでも、街に人がいないのだから、店は悲しいくらい静かになった。そんななか、私はコロナに感染してしまった。一緒に暮らしていた祖父母には運良く感染しなかったが、家族から「もう夜の店は辞めろ」と念を押され、私はシェルターを辞める決心をした。

最後の日には、先に卒業していった友達のバニーや、仲良くしてくれた常連のお客さんが来てくれた。嬉しくて早々に酔っぱらって、設置されているカラオケで椎名林檎の「旬」を歌おうとしたけれど、最初の「誰もがわたしを化石にしても貴方に生かして貰いたい」という一行も歌いきれずに、私はカウンターに突っ伏して大泣きした。マイクを持ったまま「えーん」と泣き喚いたせいで、私の泣き声はスピーカーから店内に響き渡った。友達は「人って本当にえーんて泣くんだね」と笑っていた。オーナーは苦笑いしながら「もういいお前は。使い物にならん。着替えて他の店周ってこい。」と言った。私はそのまま酔った勢いで、オーナーに抱きついて、「やだよー、さみしいよー、うぇぇーん」と大声で泣いた。さっきまで「またどうせ出勤するんだろ」と言っていたオーナーも、私が泣きじゃくっているのを見て「本当に辞めるんだな」と理解したようだった。最後は私の肩を抱いて、「もう帰ってくんじゃねぇぞ」と寂しそうに笑った。

涙が止まらないまま中目黒の街へ飛び出す。餞別に貰ったバニーのカチューシャを頭に乗せたまま、人目も気にせずしゃくりあげながら大通りを走る。どこに行くのかわからない。けれど、なんでもできる気がした。私は東京で自由になった。泣いて走って、そして朝まで飲んで笑っていた。

オーナー、私をバニーにしてくれてありがとう。健康に気をつけて、長生きしてください。お父さん。

「バニーになって人と話せるようになった？」

「バニーを着ているときだけね」

小さいバッグとは人間に与えられた赦しである

今日で自宅療養10日目。

コロナウイルスが例外なく人々の生活に棲みつきはじめてからもうすぐ2年が経とうとしている。このまま感染者数だの死者数だのの話題にときどき苦い顔をしつつ、大抵はこれまで通りに過ごしておけば、コロナに罹らずしれっと逃げきれるだろう。

と、思っていたが、そう上手くはいかず、強烈な倦怠感と無慈悲な鼻綿棒の末、私は陽性の診断を獲得したのだった。若者はほとんど無症状のまま療養を終えるらしいと聞いていたが、数ヶ月前に怪しい施設で怪しいマシンに「体内年齢80

歳」と診断された私に抜かりはなく、発熱こそしなかったものの諸々の症状に今の今まできっちり苦しみ、祖母に悪態をつき、元彼に別れ際言われたことを思い出してメソメソと泣いていた。

祖母は私の体調が悪くなると未だかつて食卓に登場したことがない面妖な料理をこまごまと作りはじめる。私の栄養を考えて作ってくれるのは本当にありがたいことなのだが、私は生来、得体のしれない食べ物が苦手だ。黙ってチキチキボーンを出してほしい。

病床で消耗し続け味覚も嗅覚もなく、回復しても私を待っている人間は外の世界のどこにもいない。25年間まともに人と向き合わずヘラヘラとビニール袋のように生きてきた結果がこれか。ビニール袋は風に飛ばされてでもいれば、ときどき白い犬と間違えられて愛でられたりもするかもしれないが、私は身体の上にいくつも小石が乗せられているようでどこにも行けない。寂しい。軽症のコロナはなによりメンタルを蝕む。ほとんど眠っていたせいで嫌な夢もたくさんみた。水槽から飛び出してしまったナマズのような大きさのヌルヌルの金魚を拾い集める夢（結局みんな死んだ）、お年寄りが生きたまま焼却される近未来の日本の夢、フィリピンパブのパーティーに招待されるも地獄のダンスレッスンを余儀なくされる夢など。幸せな夢もみたのだろうか。憶えていないだけだろうか。そうであると思いたい。

回復も悪化もしない体調のなかで、私は死亡フラグを立てるがごとく、回復したらしたいことについて考えていた。三味線が弾きたい、『狐狼の血』の新作が観たい、英語の勉強がしたい、お父さんとそろそろ仲直りしようかな、しこたまニンニクぶち込んだ家系食べたい……そんな大人らしい現実的な願いの中の1つに「小さいバッグが欲しい」があった。

小さいバッグ。私が小さいバッグについて考えはじめたのは、1ヶ月ほど前に某ファビュラスな姉妹がテレビ番組で自身の小さいバッグのコレクションを紹介していたときに遡る。お姉さまはお気に入りの極小バッグを紹介したあと「なんの役にも立たないけれど……」と優雅に付け加えていた。

なんの役にも立たない小さいバッグ。それは私の人生の対極にあるのでは、と直感した。

私は荷物が多い。ゆえに持ち運ぶバッグも大きい。よくバッグが大きい女は性に奔放な女性が多いと言われている。私は性に奔放ではない。断じて奔放ではない。なのに荷物が重い。いちばん扱いづらい女である。ここ数年お気に入りでよく使っているプラダのショルダーバッグはそこまで大きなバッグではないのだが、やはり荷物を詰め込みすぎていつもまん丸に膨らんでおり、先日ついにチャックが破壊された。破壊したのは私だ。

思えば幼い頃から「私とバッグ」の関係は上手くいっていなかった。ランドセルの中にはいつも母に渡し忘れたプリントが無様なボロ雑巾のように詰め込まれていたし、白衣袋に入れた給食当番用の白衣はなぜかいつもみすぼらしくシワシワだったし、筆箱の中はいつもススだらけで、みんなの真似をして買ってもらったかわいい消しゴムもすぐに呪物のような黒い塊になった。どうして自分だけこうなるのか解らなかった。私はバッグに嫌われているのだと思った。今でもバッグの中を人に見られるのは恥ずかしい。わりとおとなしい印象を持たれやすいので、私のバッグ内のめちゃくちゃぶりを見た人は「あら、おとなしいふりしてそっちのほうはじゃじゃ馬…」とか思うに違いない。恥ずかしい。

でも小さいバッグなら。なにも入らない小さいバッグなら、私とも仲良くしてくれるかも。

バッグはいつも、必要なものを生み出す。必要なもののためにバッグがあるんじゃない。バッグにものが入ってしまうから、必要なものが生まれてしまうのではないのか。読む時間なんてありそうにない分厚い小説、書く予定のないスケジュール帳、どうせ塗らないハンドクリーム。バッグになにも入らなければ、人に必要なものなんてなにもないんじゃないか。私はバッグから自由になりたい。尻ポケットに財布だけ突っ込んでディズニーランド行けるくらい自由になりたい。でもかわいいバッグは持ちたい。

小さいバッグが欲しい。

ごきげんよう

目白駅で電車を降りたのは何年ぶりだろうか。構内にあったミネストローネが美味しいパン屋はすでになく、女子大生が好みそうな品々が並ぶ雑貨店になっていた。凍えるような3月が過ぎたかと思えば、4月の今は真夏の真似事のような暑さである。12時に会場の前で集合しようとメッセージを書いていた大和は、あまりの暑さにいったん家に着替えに戻ったようだ。私以外、誰も時間通りに着きそうにない。約束の時間に必ず遅れると評判の私が、珍しく20分も早く着いたのは、ここが自宅から2時間近くもかかる小旅行地であるからだった。久しぶり過ぎて時間を見誤ってしまった。こんなところまで毎日辞書を2冊担いで通っていたなんて、今ではとても信じられない。駅を出てすぐの広場には人が集まっていた。警察がイベントのようなものをしていて、親に連れられた子どもたちが、おっかなびっくり白バイにまたがったり、ぬいぐるみと戯れたりして、休日の昼下がりを楽しんでいる。相変わらず品の良さそうな親子連ればかりだ。そこから横断歩道を渡ってすぐの「西門」から大学内に入ろうとしたが、なぜか閉まっていた。駅から徒歩30秒の駅近大学と謳っているクセに、肝心のときには正門まで歩かせる。こんな暑い日になんと意地悪なのか。敷地に沿って続いている脇の細い道路を、私はフラフラと歩き始めた。

桜は2週間以上前に満開になったと知らされていた。ほとんど葉桜になりつつある桜の木から、今日の強風に乗った花びらが惜しみなく飛んでくる。日差しと比べ、まだいくらかひんやりとしている風の匂い。大学内のホールから、オーケストラが演奏するハチャトゥリアンの「仮面舞踏会」が聞こえてくる。ちなみに、この曲が「仮面舞踏会」ということなど、このときの私は当然知らない。迫力のある演奏にポカンと口を開けて「この曲なんだっけ？　トゥーランドット？・」などとしばし考えただけである。

私は、タイトルのわからないクラシック曲をすべて「トゥーランドットだ」と思ってしまうクセがあるらしい。本物のトゥーランドットがどんな曲なのか、実際は誰かに聞かれたって口ずさむこともできない。曲に限ったことではない。私にとってトゥーランドットという言葉を思い浮かべることは、読みもしない参考書を小脇に抱えて歩くことに似ている。なにか小難しいことを思い出そうとしてそれがかなわなかったとき、私はとりあえずそこに「トゥーランドット」という言葉を嵌めておく。そう考えると、仮歯のようなものだとも言える。本当の情報が手に入ったら、トゥーランドットを取り除いて差し替える。今、本当に正しくトゥーランドットが正解である部分にも、この仮歯のようなトゥーランドットが刺さっているはずなのだが、本物のトゥーランドットを当てはめるべき場所が一体どこなのか、私はもはや分からなくなってしまっている。とにかく、ホールから聞こえる美しい演奏は私の心を浮足立たせた。

誰に聞かれたわけでもないのに、自分の〝トゥーランドット思考〟について書き始めてしまったのも、私はかつて仏文科の生徒で、毎日役に立つかもわからない小難しいテクストを読み込んでいたことを思い出したからだろう。今日は大学を挙げたお祭りの日で、大学の現役生や卒業生、それに付属する初等科の子どもたちや中等科の学生たちもやってくる。この広大な敷地の森林が豊島区にある緑の3分の1を占めているという話を、学生だった時代に聞いたことがある。そういえば、古い校舎の裏側に大きなキノコを見つけて驚いたこともあった。

3分ほどノロノロと道を歩いて正門にたどり着いた。現役生だった頃は、たいがい西門から登校していたので、正門までやってくるのはそれこそ入学式か卒業式くらいだった。大きな門が聳え立っている様子はやはり立派で、かつてこの学校に通っていたことを少し誇らしく感じる。なんでもない顔でさらりと門をくぐりたかったが、高鳴った気持ちが抑えられずに、大きく大学名が刻まれた柱の写真を一枚だけ撮って中へ進んだ。敷地内に入ったところで、サークルのグループLINEの通知音が鳴る。

「もうちょいで着く。バッケ駅前きといて。」

「やっと正門着いたから無理」

「キモすぎ」

「喫煙所見てくるわ」


サークルの仲間たちは、私のことをバッケと呼んでいる。これは私の名前にくっついている父の一族の名字で、正式な書類でないかぎり表に出すことはない。だが、サークルのメンバーは私を「伊藤」とも「亜和」とも呼ばない。もはや大学の仲間内でしか使われることのないこの呼び名は、私にこの環境でしか現れないひとつの人格を作り出したようだった。男でも女でもないような、学内でときどき目撃される、奇妙なキャラクターのような存在。私が所属していたサークルには男子学生も女子学生も同じようにいたが、私が行動を共にしていたのは主に男子学生たちだった。ややお嬢様気質が多い女子学生のグループと、若干思いやりに欠ける私の相性はあまり良いものではなかったのかもしれない。授業の合間に楽しくおしゃべりすることはあったものの、休日に一緒に出掛けたりすることはほとんどなかった。「男子といたほうが心地が良い」と書くと、自分が男勝りだと思い込んでいる痛々しい女と思われても仕方がない。それでもやはり、私にはそのほうが気楽だった。彼女たちの心を無意識に傷つけてしまわないためにも、私は容赦なく暴言をぶつけ合う男子たちと喫煙所にたむろすることを選んでいた。そこでも、男子同士の付き合いにあまりずうずうしく入っていくべきではない、と気を遣っていたつもりだが、実際、私はかなりずうずうしかったと思う。あのヤニ臭くて汚い部室に誰よりも長く居座っていたのは、他でもなく私だったのだから。

部室棟の目の前にあったはずの喫煙所はなくなっていた。真っ先に向かったそこがただの広場になっているのを見て、私はまさか学内でタバコが吸えなくなったのではないかと不安になったが、すこし歩いて部室棟の裏へ回ってみると、新たにパーテーションが立てられた喫煙所がきちんと残されていた。ホッとしながら赤いレンガで作られた低い囲いに腰を下ろしていると、向こう側から先ほど私に「駅前にきて」と連絡してきた林がスタスタと歩いてきた。背が高く痩せ型で、彫の深い目元には、相変わらず太陽の光でできた濃い影が乗っている。この暑さでも一応、サークルのOB会であることを意識してきたのか、かっちりとしたジャケットを羽織っていた。そろってパーテーションの中に入り、アイコスのスイッチを押す。


「そういえばあれ、見たよ、テレビ」

「あぁ、ありがとう」

「一緒に出てた人、あれ誰だっけ」

「紗倉まな？」

「あれ？　紗倉まなだっけ？　紗倉まなってあれじゃん、演歌歌う子」

「それ、さくらまやでしょ」

「あは、まやか」

くだらないことを話しながら、林は「そういえば」と言って働いている会社の名刺を渡してきた。一応、私も「頂戴します」と言って両手で受け取る。

「バッケお前名刺ないの？」

「作ったんだけど、忘れた」

「こういう時こそ持っておかなきゃだろ。いろんな人来るんだから。」

卒業から5年が経ち、会社に就職した同級生たちはみんな順調にキャリアを進めていた。一方で私は、いろんな道を進んでみては後戻りを繰り返すような、責任のないフラフラとした生活を続けている。物書きとして少々軌道に乗ってきた今だから、こうして多少得意げに大学に顔を出せたものの、去年の今頃のままだったらきっと、ほとんどフリーターの自分が恥ずかしくて参加を断っていたはずである。仲間が〝社会人〟としてまっとうな大人になっていく姿を見るのは、やはりまだこそばゆい。林から大人のまっとうなアドバイスを受けて、私は苦し紛れにふんと鼻を鳴らした。

パーテーションを出て再びレンガの上へ座り、他のメンバーの到着を待つ。目の前を、上品なフォーマルのワンピースを身にまとった女性と、その子どもが通り過ぎた。子どものほうは、汚いレンガの上で、暑さに項垂れながら座る私たちを不思議そうに見ていた。私はSに聞く。

「初等科の親ってさぁ、毎日あんな恰好しなきゃいけないのかね」
「そうだろ。さすがにTシャツにジーパンってわけにはいかねぇんじゃねぇの」
「大変だなぁ」

初等科から大学まで、エスカレータ式に登ってくる「内部生」と違い、私たちは大学から入ってきた「外部生」である。家柄の良い内部生たちに比べたら、私たちはガラの悪い庶民だった。大学を聞かれて答えると、たいてい「あそこは〝ごきげんよう〟と挨拶するんでしょう」と言われるが、少なくとも外部生にそんな習慣はない。4年間通っていたにも関わらず、私たちは校歌もロクに歌えないのだ。

ふたりで新校舎を見学しに行ったり、懐かしい部室棟の中をうろついてそれぞれの部室をのぞき込んだりしているうち、家に着替えに戻った大和と、とくに理由もなく遅れてきた月田と丸井がフラフラとやってきた。結局全員が集まったのはOB会が始まる10分前で、私たちは「北棟ってどこだっけ」などと言いながら指定された教室へと向かった。

演習の授業で使われている少人数用の305号室には、他の教室の何倍もの人間たちがひしめき合っていた。入り口で名札を貰って首から下げる。参加の返信をするまで、自分が55期のメンバーであることも知らなかった。私と林と大和が

55期、ひとつ上の学年の月田と丸井が54期というわけだ。この会場にいるそれより上は、なぜか唐突に17期とか、14期とか、中年以上の紳士淑女たちばかり（もっとも歳が上だったのは、3期生だという矍鑠《かくしゃく》とした老紳士！）が集まっていた。OBのなかでもひよっこの我々は、余った椅子にお行儀よく座り、現役生による活動の報告と、次回の記念パーティーの予定について聞いた。横にいる丸井は、四角いフレームの眼鏡をかけ、真面目そうな顔で書類に目を落としていたが、ときどき何かが面白くなったようにニヤニヤと笑っていた。緊張感のある空気の中、交互にニヤついている不届き者は丸井と私だけだった。みんなが真剣な顔をしている状況に耐えられないから、私たちは個人事業主なのだろうか。

＊

大学2年生になったばかりの春。私は五月病をこじらせて鬱状態になった。その前と後では世界の見え方があまりにも違っていたので、私は自分が何月何日におかしくなってしまったのか、今でも正確に答えることができる。

5月10日、朝目を覚ますと、毎日見ているはずの自室の天井が、まるではじめて訪れたビジネスホテルの天井のように、無機質で親しみのない光景になっていた。昨日まではなにも変わっていないはずなのに、世界と私は突然透明な膜によって隔てられ、私は一切のものの手触りを感じることができなくなってしまった。私は普段、傍から見るとやたら周りを見回しながら歩いているらしい。毎日通る代わり映えのしない道を歩くときでさえ、私の挙動不審な様子を見た人からは「まるで迷子のようだ」と笑われる。鳩がトコトコと歩いていたり、風に乗ってビニール袋が飛んでいったり、散った花びらが渦をつくって踊っていたり、駅の壁の汚れが人の顔のように見えたり、そういうことから私は目が離せないのだ。そういう小さなことにいちいち感想を抱いて、人知れずニヤリとしたり、感傷的な気分になるのがいつもの私である。5月10日の私からは、その機能が明確に失われていた。なにを見ても心が動かなくなり、心が動かなくなったことに絶望して泣いてばかりいるようになった。家から抱えて部室に持ちこんだゲーム機で遊んでいるときも、楽しそうな後輩たちの真ん中で、私はコントローラーを握ったまま涙を浮かべていた。涙で視界がぼやけて、画面の向こうのコースが良く見えない。いつもぶっちぎりの一位だった私のキノピオは道を逸れて停止したまま、他のカートに次々と追い越されていく。楽しくも悔しくもない。それが悲しい。

カフカが言うところの「虫」のようになった私は、虫になりながらも、なんとか大学に通い続けた。実際のところ大学に行っただけで、たいていは授業にも出られず汚い部室で寝込んでいたのだが、部室にいれば誰かが来て、弱音を聞いてくれたり、くだらない話をしてくれる。最初は「またバッケが変なことを言っている」とちゃかしていたサークルメンバーたちも、無表情のままボロボロと涙を流す私を見て「こりゃほんとに様子がおかしい」と、ほんの少し気にしてくれるようになった。過剰に心配するということでもなく、扱いづらくなった私を腫物のように扱うでもなく、ほとんどいつも通りにからかったり喫煙所に誘ったりしてくれた。彼らは気にしたうえで、気にしないようにしてくれたのだ。それは私にとって本当にありがたいことだった。

私がふさぎ込んでしまったせいで、彼らが私への態度や言動を反省し、丁重なものに改めるというのは、私にとっては最悪の展開だった。私は人にやさしく接するのが苦手ゆえに、人にやさしくされるのも苦手だ。やさしくされると〝やさしくされる用の私〟が出てきてしまう。こいつは何の役にも立たないし、面白いことも言わないから嫌いだ。夏が本格的に始まるまでに、私の精神状態はゆっくりと膜が溶けるように回復していったように思う。始まりははっきりとしているのに、終わりはいつだったかよくわからない。もしかしたら今も現実感は喪失したままなのかもしれないが、そうだとしても身体がそれに適応したのだろう。あれ以来、同じようなことは今日までない。私は運よく戻ってくることができたに過ぎないのだろう。

ＯＢ会の席に座りながら、私はそんなことを考えていた。席がなく、会場の後ろに突っ立っていた大和が、私の背中が大きく開いたワンピースをからかう。

「バッケ、なんでそんなエロい服着てんの？」

「会費がタダになるかなと思って」

「お前なめんなよほんと」

私は心配だった。卒業から5年。彼らが5年間の社会生活でコンプライアンスという濁流にもまれ、一切濁りのない、洗いすぎた白米のような人間になってしまっているのではないかということが。もちろん、集団で働いていくうえでは、不快を感じる人間をひとりでも少なくするために振舞うことが大切だ。世の中にはさまざまな事情を抱えている人がいることを知り、それぞれが快適に過ごせるように自分を作り変える必要がある。それでも、その作り変えられた〝正しい〟人格で彼らが私に接するようなことがあれば、私は言いようのない寂しさを感じるに違いない。正しい世の中では、私はどうしても優しくされなければならない立場にある。女性であるとか、マイノリティであるとか、そういうのを盾にも矛にもしなくて良い場所というのは、そう見つかるものではないのだ。何の心配もない。相変わらず私たちのあいだには、温かいセクハラとパワハラと差別が横行している。長らくどこかに消えていた、図々しくて自意識の高いバッケという存在は、懐かしい暴言でたちまち息を吹き返した。

みんな行くだろうと高を括って参加の返事をした二次会には、私と、同じくなんとなく参加の返事をしてしまった丸井と月田しか参加しないらしかった。「裏切りだ」と喚く我々3人を愉快そうに憐れみながら、大和と林は後輩たちを引き連れて別の飲み屋へ消えて行った。私たちは二次会で先輩たちのありがたいお言葉を熱心に2時間ほど聞いたあと、先発隊と池袋で合流した。先発隊は安い居酒屋ですっかり出来上がっており、後輩たちに囲まれて上機嫌になった大和の赤い顔とポマードで撫でつけられた髪が、照明に照らされてテカテカと光り輝いている。在学当時から団塊の世代のようなオヤジ臭さで満ち満ちていた大和は、なんだかんだで後輩女子たちにも好かれている。リーダーシップがあり、なにより話が面白い。冗談か本気なのか分からない、時代と逆行する隔たった思想を雄弁に語る姿は、まさに演説を披露する三島由紀夫だった。みんながキャラクターとして彼を愛しているが、彼の思想を真に受けて影響される人間は誰もいない。

本人が憶えているかどうかはわからないが、大和と私はいちど大きな喧嘩をしたことがある。私たちのサークルでは週にいちど、学校の会議室を借りての定例会を行っていた。運営している文化祭でのミスコンテストが近づいていて、さまざまな準備に追われるなかでの定例会は、いつもとは打って変わってぴりついた空気が漂っていた。とくにぴりついていたのはスポンサー企業との窓口係を務めていた大和である。私のようにお気楽にポスターなどの掲示物を作っていた班と違って、切実な金策に走らなければいけなかった大和は誰に相談するでもなく、この世の全てを背負っているような深刻な顔をしていた。そんなに辛いなら他に仕事を分配すればいいのに。私は大和の「お前らにはわかるまい」と言わんばかかりの表情に苛立った。与えられた仕事はやっているし、そっちは具体的になにをやっているのか教えてもくれないじゃないか。そんな辛気臭い顔で睨まれても困る。私もむきになって、大和をおちょくるように、周囲とくだらない雑談をしてヘラヘラと笑っていた。怒りが頂点に達したらしい大和が会議室の椅子をバンと蹴り上げ、扉を乱暴に開けて出て行った。事情も知らないメンバーに何の説明もなく八つ当たりするなんて何事だ。私はただ冷静にそう言えばよかったものを、開け放たれたドアの向こうにプリプリと去っていく背中に向かって、なおもヘラヘラと笑い声を含んだ調子で「おい、ドア閉めてけよ」と叫んだ。すると、大和は顔を真っ赤にして振り返り、イノシシのような突進で私に殴りかかってきた。

避けたこぶしが後ろの窓ガラスにぶつかってゴンと音が鳴り、私も近くにあった椅子を大和に向かって蹴り飛ばす。怒鳴り合いながらつかみ合う私たちを避けて会議室はめちゃくちゃになった。私にとっては、父と喧嘩をして以来、2年ぶり2度目の大暴れである。カッとなったらどうにもならないあたり、つくづく父親譲りの呪われた気質だ。会議室には悲鳴が飛び交い、後輩の女子はおびえて泣いていた。悪いことをした。見かねた林に「お前ら表出ろ」と怒鳴られ、私たちは興奮しきったままバルコニーへ飛び出した。なだめる同期たちをよそに怒鳴り合い続ける私たち。大和に真正面から「おめぇやめちまえよ」と言われて「やめてやるよ」と返しそうになったが、どうして私がやめなきゃならないんだと瞬時に思い直して「おめぇがやめろや」と言い返した。大和の後ろに立っていた林が心の底から呆れたような表情をしていたのを憶えている。それから私たちは引きはがされてそれぞれ同期になだめられたような気がするが、頭に血が上っていてよく憶えていない。そのまま定例会はお開きになった。

それから一時間もしないうちに大和が私のところへ戻ってきて、穏やかな顔で「バッケ、タバコいこ」と言った。外は日が沈んですっかり暗くなっている。ふたりとも無言で階段を下りて、大きな木の下の喫煙所で静かに煙を吸い込んだ。半分ほどが燃えカスになったところで、大和が煙と一緒に「ごめんな」と吐き出した。

私も一息吸って「ごめん」と言った。ふたりともタバコを持つ手が震えていた。

そのあとは示し合わせるでもなく同期たちと近くの居酒屋に行った。林の「おまえらマジで」から始まるお説教で反省した私と大和は、続けて仲直りのしるしとしてチューでもしろと命令された。死んでも嫌だと私たちは抗議をしたが、大切な定例会をめちゃくちゃにしてしまった罪悪感もあってか断り切れず、最終的には大和が口にくわえた梅干を私が口で取る、という方式を取ることになった。大和が今にも泣きだしそうな顔で梅干をくわえて目を閉じる。泣きたいのはこっちだよ、と思いながら唇に触れないよう、細心の注意を払って顔を近づける。大和のテカテカした顔が迫る。梅干の感触と一緒に、大和のひんやりとした分厚い唇の感触を感知してしまい、私と大和は同時に「ヴェッ!!」と叫び、手元にあったおしぼりで口をゴシゴシと拭いた。周りが歓声に包まれ、林は満面の笑みで「はい! 仲直りね!!」と笑った。それから卒業するまで、大和は会話の中でときどき「バッケはね、盟友だから」と言っていた。どうやら彼は「盟友」という言葉が気に入ったらしい。私も気に入って、そう言われるたび「まあね」と返した。馬鹿らしくて大げさでヤニ臭い、実に大学生らしい大学生活だった。

そんな話を3軒目の居酒屋で大和に話すと、大和はすっとぼけた顔で「そんなことあったっけ?」と言った。

よし、ここのお代は全部こいつに払わせよう。そろそろ終電、ごきげんよう。

26歳

あけましておめでとうございます。

完全に２０２４年だと思っていたのにまだ２０２３年だった。人生は長い。

去年の10月に私は26歳になり「若いね」から「若く見えるね」と言われる歳になりました。実際若く見えるのかは分からないが、本当にそうだとしたら、いよいよ甘やかされてのうのうと生きている情けなさが顔つきに出てきてしまっているのではと不安になる。

２０２２年はとくに何も起きなかったような、まあ何か起きたのだろうけど、過ぎてしまえば大体のことは忘れてしまう。外見もとくに変わりなく、髪も伸ばしたままだし、タトゥーなんかも彫っていない。大学生のとき癇癪を起こして作った根性焼きは相変わらず綺麗な丸い形で腕に残っている。これを飲みの席で見せながら「酔うとここが赤く光るんだよ！」と言うと、ややウケる。

26歳の誕生日。25歳まで抱えていた、形のない漠然とした焦りのようなものが、ふとどこかに消えてしまったような感じがした。それは電車のドアが閉まっていくのを見て走るのをやめたような、まもなく赤になる信号機の点灯を遠目に眺めているような、そんな感覚に似ていた。

決して絶望とは違うけど、今まで拒んでいた、たかが知れたこれから死ぬまでの日々を静かに受け入れるスペースが心の中に突然現れて、今まで冗談で言っていた「来世に期待」が、れっきとした選択肢として思考の中に入ってきてしまったのだ。もはや

「あっ。お砂糖買い忘れちゃった……。来世で買ってこよ」

みたいな

「ホイコーロー定食来世大盛りで。味噌汁は中華スープに変えてください」
みたいな
「来世切れちゃったわ。お前の来スピってメンソール？　一本ちょうだい〜」
そのレベルの気楽さに「来世」がきてしまっている。

これが若さを失うということ。可能性を失うということ……。テレビで活躍しているアイドルも、大人気の歌い手も、藤井風もみんな歳下。もう間に合わない。何者かになるにはもう遅い……。

気がつくと私は、怪しい病院で脳波の検査を受けていた。
何があったのだろう、頭にアホみたいに吸盤をくっつけられて壁を見つめている。人は自分が何者かわからないとき、肩書きや属性を持ちたがる。Twitterでよく見かける、スラッシュが並んだプロフィールがその最たるもので、一部の界隈ではこれは見えないタトゥーのようなファッションになりつつある。かくいう26

歳まで何者にもなれなかった私も、ここにそれを探しにきたのかもしれない。

だけどおおかた見当はついている。どうせ父親由来のＡＤＨＤだろう。多動性がないあたり不注意優勢型ですねとか言うんだろ。問診も当てはまるように答えてやったぞ。私の感性は人一倍敏感だ。かかってこい。

「脳波の状態だけで申し上げますと、中等度のＡＳＤの傾向がありますね。自閉スペクトラム症です」

絶句した。

ＡＳＤってあれ？　人の心がわからないみたいなやつ？　アスペルガーってこと？　いやいや、私人の心めっちゃわかるんだが？　たしかにアスペルガーみたいな人ばっかと付き合ってたけどあたしゃそうじゃないよ。冗談じゃない。私通して元彼の脳波見ちゃったのかなこの人。

ショックだった。一般的な診断方法でないとはいえ、自分が待っていた答えとは全く真逆と言える結果を突きつけられて、私はいつも通り静かにパニクった。診断結果の封筒を抱きしめたまま、駅までの帰り道もわからなくなって、東京駅の端を行ったり来たりした。

私が感じ取っていると思っていた共感は、経験してきた膨大なデータをベースにしたパターンにすぎない。というようなことをオブラートに包んでやんわりと言い聞かされていたとき、私は「二足歩行ロボットのアシモは両足で立ち上がるためだけに毎秒途方もない計算をしてバランスを保っている」という小さい頃にテレビで聞いた話を思い出していた。なんでこんなときにあんな瑣末な記憶が蘇ってきたんだろう。あのとき私はアシモの計算機に共鳴したんだろうか。

私はアシモだったのか。

帰宅した私はさっそく方々に連絡した。次々に送られてくる「知ってた」という返信。知ってたんだ。みんな友達でいてくれてありがとう。私は少ない友人たちに感謝した。ＡＳＤだと言われた私と、昨日までの私。変わったことは何ひとつない。それなのに、それから起きるたびに、人と話すたびに私の中のアシモがぴょこぴょこと走る。「無意識に人の表情などを機敏に読み取って、適した行動をとっているんでしょう。だから人より脳を酷使してしまうんですね」

医師は私が眠り過ぎてしまったり、些細なミスを連発する理由をこう説明した。みんなそうやって生きているんじゃないのか。じゃあ、その計算機のスイッチを切ったら、私はどうなるんだろう。嫌いなものも人もほとんどいない。それって本当なんだろうか？　期待とイメージに応えようとして、好きだと言い張っているものはない？　本当は笑うのも怒るのもめんどくさい時は？

ひとつひとつ確かめてみよう。

もう大人だから、スイッチを切るのは難しい。でもどれが本心で、どれが処世術か、自覚できるようにならなくちゃ、きっとこの先もっと疲れてしまう。

私はつい最近まで、長年続けていた楽器の先生になるつもりだった。楽器を弾いている時間は楽しかったし好きだ。これはたぶん本心。

でも、仕事にするほど夢中だろうか？　何時間も没頭するほど？　なんとなくそれを続けることが立派で、家族や先生の期待に応えようとしてるだけなんじゃないか。そもそも人に教えるなんてできないよな、私。よく考えたら人に興味ないもん。何人もの人に対して責任なんか持てない。ていうか嫌。

何年もぼんやりと悩んできたことの答えは思っていたよりずっと簡単なものだった。毎日何時間も練習して1日が終わるよりも、私は本を読んだり、気まぐれに絵を描いてみたり、こうやって文章を書いて、そのひとかけらの中に楽器がある生活がしたい。とても立派とは言えない、食い逃げ犯みたいな生き方。そんな私を、私自身に許してほしい。

こうやって、無理してやってきたこと、惰性で続けていたこと、潮時なこと、たくさんのことに線を引いていった。学生までは時がくれば強制的に舞台は転換されていったのに、大人になったら自分の意思で卒業を決めていかなくちゃ、そうしないと手一杯になって息ができなくなってしまうんだね。悲しませたくなくて、悲しみたくなくて、全部やり続けようとしてたなんて、どうして気がつかなかったんだろう。アシモじゃないからそんなのできないよ。馬鹿だなあ。

先週、久しぶりに楽器の練習会に参加した。

私の演奏をきいて、先生は「練習してないでしょ」と笑う。「はい、全然してません。まったく」と答えて私も笑う。

計算機は少しだけ動きを止めて、来世について考える。

ジジ

人は歳を取るほど早起きになるというが、ジジはいまだに8時過ぎまでぐっすり眠っている。夜眠るときは、いつも行儀よく仰向けで布団に入っているというのに、朝方になると決まってうつ伏せになっている。それも、まるで後ろから拳銃で撃たれてバッタリと倒れたような体勢で寝ているものだから、私はときどきジジが誰も気づかないうちに死んでいるのではないかと心配になる。それでも、祖母が家のゴミをまとめ始める時間には何事もなく起きてきて、庭の手入れとメダカの餌やりがおわったあとは、納豆と生卵と白いご飯、それからめかぶとヨーグルトを食べ、そのあとは撮りためた写真のタイトルを考えたり、写真に沿った俳句を考えたりして1日を過ごしている。ジジは若い頃からずっと山や星の写真を撮り続けている。母曰く、ジジは若い頃、謎の老人の持っていたカメラと自分のトランペットを交換して写真を始めたらしい。どうしてトランペットなんか持っていたのかも気になるし、そんなアンデルセン童話みたいな話があってたまるかとも思う。本人に聞いたことはないので、真偽は不明だ。本当はアマチュアの大会で何度も賞を取り、本人はプロのカメラマンになりたかったようだが、家計を案じた祖母は大反対。結局本牧の港で60歳まで真面目に働き続けて退職した。

ジジはとてもやさしい。怒ったところはほとんど見たことがないし、祖母にラップの芯で叩かれても笑っている。穏やかでとぼけたことばかり言っていて、ときどきとんでもなくデリカシーがない私のおじいちゃん。北海道で生まれ、養子として伊藤家に入ったジジは、末っ子としてたくさんの姉や兄に「あきおちゃん、あきおちゃん」とかわいがられて育ったそうだ。なかなかに育ちが良いのは、書いた字を見ればなんとなく察することができる。だれかと電話で話しているときの相槌も「うん」とか「はい」ではなく「ええ」という。ジジ以外で男の人が「ええ」と答えているのを私は聞いたことがなく、それに気がついたときはなぜだか妙に嬉しかった。祖母は、私と母はジジの遺伝子を濃く受け継いだといつも言う。たしかに3人ともヘラヘラしているし、口下手だし、顔も似ている。最近も祖母は、私の母について「言い方がキツいのよあの子、昔のジジにそっくり」と言っていた。私はジジが若い頃どんな風だったか知らないし、言い方がキツいと思ったこともないので、それがその通りかどうかはわからない。私の最初のジジの記憶は、肺が弱い私のためにタバコをやめ、代わりにレモン味のリラックスパイポを持っている姿だ。あれからジジはきっぱりと禁煙し、私が知るかぎり今日までいちども タバコを吸っていない。私のために禁煙したというのに、私は二十歳になった途端タバコをスパスパ吸い始めた。だって、タバコを咥えたジジの古い写真はどれもサマになっていて、私はそれに少し憧れがあったのだ。祖母はやめろやめろと口うるさく言ってきたが、ジジはというと、ベランダで夜空を撮るジジの横で私がこれ見よがしにタバコに火を着けても、とくになにも言わなかった。

ジジにとって、私は最初の孫で、唯一の孫娘だ。私はちいさいころからよくかわいがられて育った。一緒に山登りしたり、遊園地に行ったり、タケノコを取りに行ったりした。早くに家庭から父という存在を失った私にとって、ジジはほとんどお父さんのようなもので、どこへ行くにも一緒だった。反抗期こそなかったように思うが、私が成長するにつれて、ジジと私の距離感は世の父子と同じように「適切」なものになっていった。多くを話すことはないし、何かを聞かれることもない。ただ、ほとんど毎日駅まで車で迎えに来てくれるジジと、家に到着して車を降りたときにだけ、今日の夜空について一言二言だけ話す。月が大きいとか星が明るいとか、そういうことを、いつも少しだけ話している。

24歳くらいのころ、会社帰りに乗ったタクシーで運転手にちょっとした暴言を吐かれたことがあった。道案内にもたついた私に、苛立った運転手が「日本人じゃねぇから、なに言ってるかわからねぇよ」と悪態をついたのだ。今の私なら嫌味のひとつでも言えたかもしれないが、まだ図々しくもなかった私は真正面から傷ついた。頭が真っ白になりながらなんとか家まで帰って、玄関に着いたとたん、私はその場にへたりこんで大声で泣いた。ジジに泣きながら起きたことを話すと、ジジはうろたえながら「そんなの気にする必要ない」「まったく、しょうもない奴もいたもんだ」と言い、私のそばで黙って足踏みを繰り返した。たぶん、どう慰めたらいいか分からなかったのだろう。子どものころはおんぶなり、だっこなりして機嫌を取っていた孫娘も、今や自分とほとんど同じ背丈のいい大人だ。祖父が言葉ではうまく言えない性格なのを私はよく知っている。言葉に困ったとき、ジジはちゃかすようなことを言って、たびたび祖母を怒らせた。そういう人なのだ。それでも私は、ジジになにか言ってほしかった。もうぼちぼち気は済んだようにも思いながらも、何かを待って泣き続けていた。ジジは観念したようにうずくまる私を後ろから抱きしめた。それから、ほとんど泣いているような声で「アワが悲しいと、ジジも悲しい」と言った。ジジも悲しいなら、もう悲しむのはやめよう、と思った。

また祖母は言う。「ジジの血が濃いから、あんたも物を書いたりするのかもね」

夢見がちな芸術家気質だと言いたいのだろう。それはそうなのかもしれない。この家の中で、話を対等に聞いてくれるのはジジだけのように思うときがある。芝居のレッスンに行かなくなった私に「もう芝居はいいのか」とふいに聞いてきたり、出来上がった俳句を「どう思う?」と言って見せてきたりして、私たちにはときどき、ふたりだけの秘密基地に籠るような一瞬がある。お互いに、この人なら嗤わないし、馬鹿にもしてこない。そんなふうに信頼しているのだと思う。

いつものように自宅について車を降りると、ジジは月のほうを指さして「あれは何だろう」と言った。綺麗な満月の横に、ひときわ明るい星がひとつある。私は星に詳しくないから、あの星が何なのかはわからない。適当に「わからない。金星じゃないの」と言って「今日は星が多いね」と付け足した。ジジは家に入って、2階の寝室の窓からベランダに出た。私もタブレットをもって後を追う。祖母の大いびきが響く寝室に背を向け、ふたりでベランダに立った。私はタブレットに星のガイドをしてくれるアプリをインストールして、タブレットのカメラを夜空にかざしてみた。空の位置に合わせてそこにある星の詳細を表示してくれるものだが、実際の位置とは多少ずれがあるので、私たちが名前を知りたい星が画面上のどこに表示されているのかなかなか見つけられない。タブレットを掲げたままグルグルと回転して、ようやく画面上に大きな月を見つけることができた。その左下に表示されている星をタップする。

「あ。木星。ジジ、木星だってよ」

「おー。やっぱり木星かぁ。ほら、あそこに小さい星が固まってるのがあるだろ。あれがすばるだ」

「どれ？　あー、あれか。ジジ、あんなのよく見えるね」

「今持ってるレンズじゃ、きれいに月が出てても豆粒にしか映らないな。もっといいレンズ買わないと」

「へぇ、おやすみ」

私は逃げるように自室へ戻った。それから聞こえないように顔を覆って泣いた。私は泣き上戸だ。酔っていたせいで、美しい思い出がひとつできたことが、急にとてつもなく悲しくなってしまったのだ。いつか、ジジがいなくなってしまったとき、私は今日ジジと星を見たことをきっと思い出すだろう。また大切な思い出ができて、荷物はどんどん重たくなっていく。こんなふうに背負わなければいけないのなら、最初から愛情なんてなにもわからなければよかったとさえ思った。私はジジにずっと生きていてほしい。私が死ぬまで、ずっと生きていてほしい。ジジは寝室に戻って眠ったようだった。のんきな寝息が、遠くから聞こえてきた。

あるとき、思いがけずジジの写真を気に入ってくれた人の企画で、写真展を開催することになった。私はジジの写真と一緒に並べてもらうテキストを書いた。いつか置いていかれる寂しさを詩にまとめて、タイトルに「聖なる君を置き去りにして」とつけた。ジジはタイトルの意味についてなにも聞いてこなかった。写真も好きに選んで勝手に使えと言うので、私はジジが撮った中で好きな写真を時間をかけて慎重に選んだ。展示はいろいろな人に見てもらえて、運よく数枚の作品が売れた。写真が売れたことを報告すると、ジジは「へっ」とだけ言った。私が寝ている間に祖母にも話したようで、祖母から「ジジはお金は何にも要らないって言ってたよ」と言われた。それでもジジがずっと続けていたことにいい結果がついたことを、ジジには売り上げというかたちで伝えたいと思った。きっと受け取ってはくれないだろうけど、封筒に入れて渡してみよう。

振り込みがあったその日にお金を下ろし、綺麗な封筒に入れて家に帰った。すこし照れ臭いのをごまかして、片手でひょいと封筒を差し出すと、ジジは全くためらう様子も見せず「おっ、すごいな。ありがとう」と言ってあっさりと封筒を受け取った。話が違うじゃないか。来月の引っ越し資金にしようと思っていたお金をあっさり吸収された私は内心かなり動揺したが、いまさら「やっぱ返して」とも言えず、胸を張ったままジジの書斎をゆっくりと出た。きっとジジはあの星空を見て、新しいレンズが欲しくなってしまったのだろう。もっといい写真が撮れるように、あのお金が使われることを願うばかりだ。

ジジに電話をかけて、今日は帰らないと伝えると、ジジは電話越しに嬉しそうに「今日の満月は見たか？　いい月が出てるぞ」と言った。横で聞いていた恋人が「おじいちゃん、マッチョな夏目漱石みたい」と言って、私はそれをアイラブユーと受け取った。

III

人のパラソルを笑うな

暑い。

夏がきた。

往生際悪く長袖を着ても、押し入れに仕舞われていくこたつ布団にしがみついて必死に抵抗しても、私たちは決して、夏の襲来から逃れることはできない。私は夏が嫌いだ。大嫌いだ。

単純に、この逃げ場のない暑さも苦痛なのだが、それ以上に、夏にとるべき態度が、私はいまだにわかっていない。水を飲むタイミングは？　サングラスはいつ着けていつ取ればいいの？　髪はやっぱり毎日洗わないとだめなの？　私汗臭くない？　ムダ毛恥ずかしい！　日焼け止め塗りすぎてベタベタする！　どうしてべつに食べたくもないアイスを食べてるんだ？　誰に向けてアイスを食べているんだ私は？　アイスとスマホで手が塞がってる！　コーンの底からアイスが漏れていく！　あぁもう駄目だ!!　殺してくれー!!

夏のあいだの私の脳内は、だいたいこんな感じである。

厚い布を纏ってフクロウのように押し黙っていれば良い冬と違って、夏は気を配らなければならないことが多すぎる。爽やかなシャツ一枚で、心地よい汗をかきながら屋上で青春とポカリを味わうような夏は、私には訪れたことがなかった。遠慮がちに出した黒い腕がヒョロヒョロと袖から伸びている。棒みたいで不安だ。この棒みたいな腕を見ていると、昔の恋人に「あわちゃんを抱きしめると、沈没した船から投げ出されて、海の上で丸太にしがみついてるような気分になる」と言われたことを思い出す。また別の恋人も、新しく買ったスリムな茶色の本棚にしがみついて「あわちゃん大好き〜」と言っていた。ふざけるなよお前ら。いつか熱々のアスファルトに磔にしてやる。

さて。夏のさまざまな不安要素のなか、かつて私の心をもっとも憂鬱にしていたのは、日傘である。一昨年の夏あたり、はじめて日傘を買った。

褐色肌の私にとって、日傘を買うというのは少々勇気がいるものだった。私は自分のことを「日傘をさしてはいけない人間」だと思っていたからだ。

この国において日傘は、というと主語が大きすぎるので改める。少なくとも私と私の周辺の、私の目に入るドラマや映画、アニメ、街の人々の範囲では、日傘は透き通るような白い肌を守る象徴だった。銀魂の神楽、メリーポピンズ、そして私の母。みんな色白だ。私は褐色肌の人が日傘をさしているのを見たことがなかった。褐色肌の人は日傘をさす必要がないんだ。子どもながらにそう思った。それでも暴力的な日差しは平等に降り注ぐ。日傘をささなかった私の体は、虫メガネを近づけた黒い紙さながらジリジリと焼けた。それでも、日傘は気恥ずかしくて欲しいとは思わなかった。その気恥ずかしさが、自分の肌の色ゆえだったのか、それとも女子がはじめてブラジャーを着けるときの躊躇いのようなものだったのか、今となってはわからない。

どちらにせよ「私なんかがさしたら笑われる」と思った。

猛暑のなかを鬼のような形相で歩く娘を見かねたのか、ある日、母が私を自分の日傘の中に入れてくれた。

涼しい。思っていたよりずっと涼しかった。頭皮を焼いていた直射日光は遮られ、眩しくて開けられなかった目は苦もなく開いて、私は驚きながら周りの景色を見渡した。すごい、ずっと影の中にいるみたい。日傘ってこんなにすごいんだ。意地を張っていた自分が馬鹿みたいだった。日傘をさすようになってから日焼けもしなくなって、私は母から受け継いだ、少し青白さの混じった褐色を保つことができた。日焼け止めもサングラスも、私もつけていいんだ。ちゃんと必要だったんだ、と感じた。嬉しかった。

夏が来た。先週人の家に日傘を忘れた。新しいのを買うべきだろうか。

死んでいく

今までに三度、葬式に出たことがある。はじめて身内が死んだのは。小学校低学年のころ。祖母の母、つまり曾祖母が死んだ。本当なら「ひいおばあちゃん」と呼ぶべき人だが、親戚はみんな「ばあちゃん」と呼んでいたので、私も真似してそう呼んでいた。ばあちゃんは私が生まれたときからすでに老人ホームに入っていて、私はときどき祖父母にくっついて月に2回ほど会いにいく程度だった。会いに行っても、津軽弁がきつくてなにを言っているか全然わからないし、耳もひどく遠かった。たいてい成立しない会話を「うん、うん」とごまかしながら時間をやり過ごしていたことばかりを憶えている。私はばあちゃんに会いたくて行っていたというより、ホームの坂や段差のない平坦な場所なら、ばあちゃんが乗っている車いすを押させてもらえることと、いつも帰りに寄るスーパーでお菓子を買ってもらえることが楽しみでホームに行っていたのだと思う。

ある朝、ママの携帯電話に着信が来て、話し終わったママから「ばあちゃん死んじゃったって」と言われたとき、私はなんと返事をしただろう。たぶん「うん」とか「へぇ」とか、その程度のことしか答えなかったと思う。悲しくなかったわけではないけど、どう反応したらよいかもわからない。「いやだ」と言ったところで生き返るわけでもないし、ママもいつも通り無表情だったから私も泣いたりしなかった。

ばあちゃんの好きだった「トド缶」を棺に入れてあげようと思ったが、どうやらだめらしい。火葬場でお骨になるのを待っているあいだ、年の近い従兄弟は私に「ばあちゃん、どうして死んじゃったんだろう」と言ってきた。私は「歳だからだよ」と言いかけたあと、口先だけで「ね」と返した。骨壺をしまうために開けられたお墓を覗くと、そこには古い骨壺がすでに3つほど入っていて、私はその誰なのかもわからない骨壺を、黙ったままじっと見つめていた。私もいつかここに入るのか、と考えていた。

それから何年か間をおいて、祖母の弟「アキオおじちゃん」と、叔母であるコッコの旦那さん「もんちゃん」が死んだ。どちらもガンだった。アキオおじちゃんのことは正直苦手だった。ねぶたに描かれた荒武者のような顔だったし、いつもお酒を飲んで大声で話していたので怖かった。酔っぱらうと膝の上に私を乗せて「元気か?」「なにが食いたいんだ、おじちゃんが持ってきてやる」と言ってくるのだが、私はいつも緊張で背筋を伸ばしたまま固まり、拳銃を突き付けられた銀行員のようにひたすらコクコクと頷くことしかできなかった。おそるおそる「高いお肉が食べたい」と言った私のリクエストに応えておじちゃんが持ってきてくれた霜降りの和牛は、霜降りどころかほとんど脂の塊で、最初の一口こそ感激したもののそれからはどんどん胃がもたれ、私はその後数日体調を崩した。それ以来、私は和牛を食べると必ず下痢をする。結局私は、ずっとアキオおじちゃんが怖かった。

もんちゃんの葬式で流す曲の選曲係に任命されたときは、張り切って長渕剛の「CLOSE YOUR EYES」をCDに焼いた。コッコは「いい曲だね」と言って葬式中泣いていたが、今考えてみれば「戦死したわけでもないのにあの曲はおかしいだろ」と我ながら思う。きっと、式場のスタッフも、たぶん死んだもんちゃんも、草葉の陰で「CLOSE YOUR EYESはおかしいだろ」と思っていたに違いない。思い出そうとするとそのことばかり気になって、肝心の「故人への心境」みたいなものが湧いてこない。遺影の中のもんちゃんは、元気なころに飼っていたパグのコマサをなんとも言えない表情で抱いている。コマサはもんちゃんと散歩をしていたある日、なにかを追いかけてふ頭から海へ落ちてしまったらしい。しばらく懸命に泳いだあと、力尽きて沈んでいくコマサを、もんちゃんはなすすべもなく、ごめんな、ごめんなコマサ、と言いながらずっと見つめていたそうだ。その様子を想像すると、どうしようもなく悲しくなる。コマサの最期を見ていたのはもんちゃんだけだったから、その光景を知る人はもうこの世のどこにもいない。目に焼き付いていたであろうそれを何度も思い返しながら生きるのは、きっと辛かったにちがいない。コマサともんちゃんはあの世で再会できただろうかと時々考える。そもそもあの世なんてあるのだろうかとも思う。

中学の全校集会で、校長先生は「人は生涯で80回ほどしか満開の桜を見ることができない」と言った。頭では理解していても、実際数字にするとかなり少ない。中学生の私はハッとして、もっと幼かった頃に夜な夜なおびえていた「死」というものを久しぶりに思い出した。人は必ず死ぬ。そしてそれは、私が思っているほど遠い未来の話ではない。80回というのは長生きした場合で、実際にはもっと少ないかもしれない。アキオおじちゃんやもんちゃんのように、50回か60回くらいしか見られないかもしれないし、それよりもっと少ない可能性もある。

「ハーフは骨髄移植が必要な病気になってもドナーが見つかりにくい」という話

をふと思い出して〝ハーフ　骨髄移植〟で検索してみる。ハーフで白血病になったらしい18歳のアカウントを見つけた。やはりなかなかドナーが見つからないらしく、6月の「ＩＣＵ入ります」という投稿を最後に、更新は止まっていた。べつに年中桜が見たいわけじゃない。そうじゃないけど、それから満開の桜は私にとって、動かしようのない墓標のようなものになった。いくつから始まったか分からない、でも確実に減っていくカウントダウンの数字。最近町の掲示板で「訃報」の文字を見かけない。この町の老人は死に尽くしたのだろうか。祖父母とママをすっとばして次は私の番なのではないかと不安になる。

最近、死ぬのが怖い。フリーターで目的もなくダラダラと過ごしていた頃はいつ死んだっていい、むしろ早く終わらせてしまいたいなんて考えていたりもしていたが、こうして少なからず世の中に必要とされ、大切な人ができて、新しい予定でカレンダーが埋まっていく日々を生きるようになってから、私はすっかり死にたくなくなってしまった。心臓の鼓動が不規則になるたび「今じゃない」と祈るように息を深く吸う。なにか病気があるのではないかと、はじめてもらった印税を握りしめて人間ドックを受けに行った。とくになにもないと言われた。同じように心臓がおかしいと話していた友人に「死ぬのが怖い」と相談すると、友人はのんびりした口調で「俺はべつに怖くはないなぁ」と言った。聞く相手を間違えたと思った。最近はネットで「天才だ」と褒められるのも怖い。天才は大体早死だ。私は天才なんかじゃないし、くたばったあとに「早世の天才」なんて特集されて再評価されるなんて絶対に嫌だ。

死ぬってどんな感じなんだろう。生きている人には答えてもらえないし、死んだ人は教えてくれない。死ぬことに必要以上に怯えている反面、まだいつもそばにいる家族や友人の死を経験していないゆえにその深刻さもいまいちわからない。ネットで「人が死んでるんですよ」といった批判コメントを見かけると「死ぬってそんなに大変なことなの?」と思ってしまう自分もいる。きっと、ママや祖父母が死んだらそんなことも思わなくなるのだろう。人が死ぬのは絶対的に悲しまなければならないことだというのが、その時になってやっと私の身に染みるのだ。いつか必ずその時は来る。だからこそ今は、解ったように悲しいふりをするのも誠実じゃないような気がする。あの朝、なにも変わらないようすで朝の支度をはじめていたママも、祖母が死んでやっと涙を流すのだろう。

私はこれを書きながら、ここまでいちどもパパについて考えていないことに気がついた。そういえばパパも死ぬ。もしかしたら、今の冷戦状態のまま、いちども口をきかないままどちらかが死ぬかもしれない。パパが今死んだとして、私はちゃんと悲しめるだろうか。私が死んだら、パパは悲しんでくれるだろうか。パパは「死んだら体をセネガルに送ってほしい。火葬は嫌だ」と言っているらしい。遺体の空輸なんて一体いくら掛かるんだろう。そもそも要人でもないのにそんなことできるのだろうか。パパの死について考えるとそのことばかり考えてしまう。やはりパパにとっていちばん大切なのは天国に行くことなのか。セネガルなんて、墓参りに行けるかどうかもわからない。すこし呆れて、すこし悲しい。

死んでいった人、これから死んでいく人。私もそのうちのひとり。人は誰かが憶えている限り、死んだとしても生き続けるのだという。私が頼まれてもいないのに自分のことをこうして書いているのは、私がここにいるということをできるだけ多くの人に知ってほしいからだ。でも、自分が死んだあとのことにはあまり関心がない。自分の子どものために良い未来を作ろうという気持ちも、今のところはとくにない。これも実際子どもが生まれてはじめて思うことなのだろう。まだなにもわからない。わかったふりもしたくない。私は自分自身の身体でひとつひとつ感情を見つけて拾っていきたいと思う。

ちいさい頃、ゲームボーイで「ハチのロボットが冒険しながら感情を獲得していく」というゲームをやったことがある。ストーリーが難解なうえに地味なゲームで、私は早々に放り出してしまった。あのロボットの心は今もいくつも穴が空いたまま押し入れの中にしまわれている。私は自分の人生をもって、その続きをやっていこうと思う。それが面白い物語になるかぎり、私はどこかにそれを書き続けるだろう。

友達の山口は「いつかすべてが土に還る日が来るじゃん？　だから地球に生きた痕跡を残そうとか全然思わないんだよね〜」と、二日酔いの今にも死にそうな顔で言っていた。私が「痕跡を残したいっていうか、今生きてる人に〝今私は楽しい〟っていうのを知ってほしい」と答えると、山口はポカリを飲みながら「承認欲求（笑）」と言った。腹立つ。

MUMMY & AMY SAYS

1ヶ月ほど前に貸していたままだった本を、母は大事そうに腕に抱えてやってきた。

「エイミーがね、私の知らないうちに、ダグちゃんと別れてたの」

エイミーというのは、母が持っているその本『私のことだま漂流記』の著者で、山田詠美のことである。

「エイミー、もう64歳なのね。私ももうすぐ50なんだもん。そうだよね」

母は、私に向かって話しているのか、はたまた独り言なのか、ぽつりぽつりと宙を見つめながら呟いていた。その顔は、はじめての恋人との甘い日々を打ち明ける少女のような恍惚とした表情であった。すぐ横では祖母が慌ただしく夕飯の準備を進め、祖父は箸がないだのなんだの大声で喚いているというのに、よくそんな顔ができたものである。

私は物心ついたときから、ママは本が好きな人なんだな、と理解していた。自宅の押し入れの奥に隠すように置かれていた衣装ケースには、単行本と文庫本がぎっしりと入っていて、幼い私は、母の居ぬ間をうかがってはそれを掘り起こして眺めていた。三島由紀夫、谷崎潤一郎、田辺聖子、山崎ナオコーラ、そして、山田詠美。幼い私にそれらを熟読する力はなかった。だから、眺めていただけ、である。

本を読まない人でも名前くらいは知っているような文豪たちの名作は、山田詠美が書いた膨大な本の合間の休符のように点々と挟まっているだけだった。母の秘密の本箱の中のほとんどは、山田詠美によって埋め尽くされていたのである。我が家のコンポからは、たいていブラックミュージックが流れていて、私の父はブラック。それらを愛する母と、物静かな読書家の母。私は長いあいだ、この2つが一体、どういういきさつで共存しているのかが、不思議で仕方なかった。成長して、衣装ケースの本を少しずつ読めるようになった頃、私はそれを理解したのだった。ママは、エイミーと一緒に生きてきたんだ、と。

成人して、叔母とお酒を飲むようになり、酔った叔母は私に笑いながら話した。
「アンタのママは昔っから変わり者で、平日はじみーなカッコして本屋で働いてるくせに、休みになるときれーに化粧して派手なカッコなんかしちゃって、六本木かどっかに遊び行っちゃうの。それで家の中ではだんまり。傍から見たらなに考えてるかワケわかんなくてさ。変な子だったわ」

今では年中薄化粧で引っ詰め髪の母がそんなことをしていたなんて、と私は驚いた。驚きつつ、普通の書店員があんなファンキーな男と結婚しないわな、とも思った。母は父のことを「ジミー」と呼んでいる。父の本名にはジミーのジの字もないので、その由来には六本木の夜の小恥ずかしいエピソードが隠されているに違いない。そう考えて、私はニンマリとしてしまった。

これは余談だが、父と母の結婚には反対しなかったのか、と祖父母に聞いたことがある。すると2人はこう答えた。

「そりゃあ心配したし、どうなんだと思ったけど。結婚してそのあと生まれたアワがかわいいのなんのって。そんなことはどうでも良くなった」

この言葉を思い出すたび、私は常日頃祖父母についている悪態の数々を大いに反省する。そして翌日また悪びれもせず悪態をつく。今日も面倒くさがる祖母に無理やり海苔巻きを作らせた。いつもお世話になっています。

母はこれまで、どれほどエイミーの言葉を信じ、憧れ、生きてきたのだろう。それは母の目を通り、心を伝い、子宮の中の羊水に溶け出して、娘の私をもエイミーの世界へ連れていった。

冒頭の著書の中でエイミーは言っていた。

「私は、自分の仕事の怖さを知ることは重要だと信じている。文学においても、しかり。書けちゃって書けちゃって困っちゃうんですよ、などと放言している新人作家に出会ったりすると、つい失笑が洩れてしまうのだ。大丈夫だよ、その内、書けなくなるから……っていうか、書けないものを書こうとしてみなさいよ、と」

母はエイミーと同じように、なにかを書いて表してみたいと思ったことはないのだろうか。それについて私は、ママは読みすぎて書けないのだ、と勝手に解釈をしている。今だって、毎週図書館から大量の本を借りて帰ってくる母は、あまりにもたくさんのことを知り、畏れ、押し黙り続けているのだ、と。それを思えば、私がこうして拙い文章を苦し紛れに発信し続けていられるのは、私が母よりはるかに物知らずで愚かだから、という他ない。

母はいつからかエイミーの新刊を買わなくなっていた。私の中のエイミーは今でも、『ANIMAL LOGIC』の裏表紙の、頬杖をついた若かりしエイミーなのだと母は言った。

「私ももう大人なの、エイミーの言うことばかり聞いてられない」

そんな母にもういちど山田詠美の本を読ませたのは私だ。ママが誰にも言わなかった話、私、解るよ、という代わりに。

エイミーを通じて、私は母のことを少しずつ知り始めたばかりだ。どんなクラブに行っていたのか、酔っ払ってどんな失敗をしてきたのか、どんな男をセクシーだと思うのか（ここは親子でもあまり一致しないらしい）。母から母親らしい教育を受けた記憶はない。

ただひとつ、母が幼い私に言ったこの言葉は、なぜか今でもしっかりと憶えている。

「エイミーの本の上に、物を置かないで」

「みーちゃんのこと、次の本に書いてもいい?」と聞いてみると、彼はキッチンで2人分のパスタが入った鍋を見つめながら少しのあいだ黙った。それから少し笑って「えー」と言ったあと「だめって言ったら、書かないの?」と言った。私は部屋にあるピンク色の椅子をキッチンのところまで引きずっていって、彼の立っているシンクの横にある冷蔵庫の前に腰かけた。彼が料理をしているとき、私はいつもここに座ってその様子を眺める。私は料理ができない。だからといって、料理が出来上がるまでドアの向こうの部屋でゴロゴロしているのも悪い気がするし、彼の姿が見えないのも寂しい。

椅子の下をくぐってキッチンのほうに出ていこうとするアグイーを手で押さえ

ながら「そりゃあ、だめって言ったら書かないよ」と答えると、みーちゃんはライムを切りながら「ふーん」と笑って、それからまるで「友達になろう」と言われた小学生のような調子で「いーよー」と言った。

マッチングアプリで出会った恋人と1年ほどで別れたあと、私は軽い自暴自棄のような状態で毎日を過ごしていた。たった1年の交際だったが、彼は私の心に十分に爪痕を残していった。彼は辛辣で、愉快で、不安定で突拍子もなく、毎日山盛りの愛情を言葉で与えてくれるような奴だった。考えや感情を言葉にしない家族のなかで育った私にとって、いつもよく響く華のある声で自信たっぷりに語る彼はあまりにまぶしく、彼に愛されている私もなんだか偉くなったような気がしていた。砂糖とも毒ともいえる愛情を絶え間なく与え続けられ、そして突然それを絶たれたとき、私が軽く狂ってしまったのは当然ともいえることだった。

私はこれまでなんの興味もなかった「家庭菜園キット」なるものをまるで何か

に憑かれたように買いあさり、べつに好きでもない、むしろ嫌いな部類のペパーミントやプチトマトに一心不乱に水をやって育てはじめた。なんでそんなことをしたのか、今でもわからない。たぶん、なんでもいいから「自分がいないと死んでしまうもの」を手元に置きたかったのだと思う。「自分がいないと死んでしまう」と思っていた男にあっさりと捨てられたという事実に、おそらく私の心は耐えられなかったのだ。それから2年ほど、私は呆然と過ごした。途中好きな男がいたこともあったが、そいつも情緒不安定で、いつの間にか霧のように姿を消していた。彼はチェンマイで僧になったと噂できいた。私は東京のど真ん中で「みんないい加減にしろ」と思った。

もう誰のことも好きになりたくない。そう思う反面、どうしようもなく寂しいのもまた事実。私はまたマッチングアプリをインストールした。新しい恋人を探す決心をしてもなお、頭のどこかではまだ元カレのことが忘れられていない。白状する。私は〝誰でもいい〟と思っていた。彼じゃないなら、もう誰でもいいと思っていた。

そんなことを思いながら前回と同じような作業を数日繰り返して、ある日気になる人を見つけた。5歳年上、出身地は佐賀。曖昧に微笑みながら長いまつげのついた目を伏せている写真が載っていて、優しそうな顔をしていた。2枚目の写真には、肩に三毛猫が乗っている。プロフィール文には「4年ほど彼女はおらず、べつにそれでもいいと思っていましたが、姉の結婚式を見て、誰かと一緒に過ごすのも悪くないかなと思いました。」というようなことが書いてあった。彼女を探す動機が姉の結婚式。恋愛に対する意欲が全く感じられない。しかし、その時の私にとって、それは好都合なように思えた。きっとこの人も〝誰でもいい〟と思っているのだろう。仮に付き合うことになっても、あまり私に興味を持ちすぎることはなさそうだし、私も依存せず、相手のことで一喜一憂することもなさそうである。綺麗な顔をしているし、趣味も合いそうだ。私からいいねを送ると、1日ほど間を置いてマッチングが成立した。彼の飼っている三毛猫の名前はアグイー。

大江健三郎の『空の怪物アグイー』から取ったらしい。

恵比寿駅のブルーボトルコーヒーの前で待ち合わせる。時間になっても話しかけられないので、スマホから顔をあげて辺りを見渡してみると、3メートルほど先に同じように立ち尽くしているそれらしき人を見つけた。彼は私と目が合うとはにかみながら小幅でこちらに歩いてきて緩やかに会釈をした。写真よりずっと綺麗な顔をしていて、紺色のチャイナテイストのシャツを着ている。彼の「はじめまして、聡実です」と言った声があまりにも小さくて、私は前かがみになった。それでもよく聞き取れず、声はことごとく恵比寿の雑踏に消えていく。緊張しているのだろうかと思ったが、べつにオドオドしている感じでもなく、表情も柔らかだった。騒がしい駅から離れ、彼が予約してくれていた焼き鳥屋に向かう途中、私たちは他愛のない会話を試みた。マウスの左クリックは感覚的には右クリックっぽいとか、赤は右で青は左っぽいとか、そんな不思議な話をした。相変わらず声は小さい。それに、全然こっちを見てくれない。私は自分の実際の姿が彼のイメージと違っていたのではないかと不安になった。あまりの手ごたえのなさに、この人は私のことを好きになってくれるのだろうかと、自分が好きになるよりも早く悩んでしまいそうだった。

連れて行ってもらった焼き鳥屋は都会らしい上品なお店で、言葉数の少ない私たちは、一本ずつうやうやしく出される焼き鳥を早々に平らげては所在なさげに辺りを見回していた。ときどき私が冗談を言うと、彼はそれまでの静かな表情とは反対の明るい表情で、前かがみになって笑ってくれた。彼の笑顔は、なんだか5歳ぐらいの男の子が誕生日ケーキと写真を撮るような、お母さんに「笑って！」と言われた子どもが〝いー！〟と歯を見せて笑うような、そんな形をしていた。それがとてもかわいくて、私は彼が笑ってくれるような話を続けた。

私たちは定期的にデートをした。料理が趣味だと言っていたので、誕生日には百貨店で買った瑠璃色のお皿をあげた。まだ付き合うか分からないし、あまり重くないものを渡そうと選んだものだったが、彼は頬をピンク色にして喜んでくれた。「また会ってくれますか?」とLINEを送ると、次の日「もちろん!」と返信が来た。次の月の私の誕生日には、同じ色の温かい靴下をくれた。もう4回目のデートだ。そろそろどう思っているか知りたかったが、自分から切り出す勇気はなく、私は少し卑怯なことをした。帰り際にホームまで送ってもらい、到着した電車に乗り込む直前、私は彼にズイと近づいて頬にキスをした。私が急に近づいてきて驚いたのか、彼の身体がびくっと硬直したのがわかった。そのまま逃げるように電車に乗って、窓の向こうに立っている彼をおそるおそる見てみると、にやけているようにも見えるし、苦虫を嚙み潰したようにも見えるような、なんとも言えない絶妙な表情をしている。あれはどっちなんだ、嬉しいのか嫌なのか、どっちなんだ、と考えているうち、電車は走り出し、彼の姿は見えなくなってしまった。しばらくして「にやけている」とLINEが来た。にやけていたのか、よかった。5回目のデートで、私たちは付き合うことになった。私は彼のことを「みーちゃん」と呼ぶことにした。

私はこれほど情緒が安定している人を見たことがない。怒りもしないし泣いたりもしない。最近いつ泣いたのかと聞いてみたら「スプラトゥーン甲子園の小学生部門の決勝を見たとき」と言われ、こんなに心が美しい人はこの人のほか東京にはどこにもいないとさえ思った。朝方にアグイーを抱きしめて顔をうずめる姿は、どこかの教会に描かれている宗教画のようで、私はこの世界の汚いもの全てからこの人を遠ざけねばならないと思った。5歳年上の男なのだから、彼は私よりたくさんのことを知っているはずだ。彼のようすは世間知らずゆえに発せられる無垢とは違う。むしろ、彼はすべてを知っているのではないかと私はいつも思う。異性に「守られている」と感じるのは私にとって二度目のことだった。この人は祖父に似ている。私が決めたことや、やりたいことを静かに応援してくれて、もし心配だとしても、それを怒りで表明したりはしない。言葉にはあまりしてくれないけれど、私に愛情を持ってくれているのもわかる。私は安心してあちこちを飛び回った。そうしていたらどんどん仕事が増えて、いつのまにか人生が大きく変わった。なんだかやたらと良い席のライブチケットも取れるようになった。みーちゃんは私に良いことがあるたび「よかったねぇ」と言ってくれる。この人は空から落ちてきた天使かなにかなのではないか。

1冊目の本が出たとき、みーちゃんはお祝いにシュラスコのお店に連れて行ってくれた。ふたりとも満腹になり始めた頃、みーちゃんは

「僕は、この世に一片の塵も残さず消えようと思っていたんだけれど」

と、ぽつりぽつりと話しはじめた。

「思ってたんだけど、亜和ちゃんがこの本に僕のことを書いて、それで、それを読んで〝まずい、存在が後世に残ってしまう！〟って思って。だけど、こんなふうに書いてくれるなら、それも悪くないかなって、思ったんだよね」

この世に一片の塵も残さないなんて、そんなことを思っていたのか。私は唐突な独白に驚きながらも、普段あまり自分の話をしてくれない彼が、そんなふうに思っていたことを話してくれたのが嬉しくてたまらなかった。なんと答えたらよいかはわからず、ただ「そっか、ありがとう」と言った。それからみーちゃんは

「面白かった。ほんとに。そりゃ売れるわって思った。面白いもん、元カレとか、悔しかった」

というようなことを唇をかみしめるような表情で言い始めた。やはりそこは引っかかるのか。はじめて嫉妬らしき表情が見えて、私ははしゃぎ出しそうになったが、本当に悔しそうだったので、今がいちばん幸せだということを伝えなければと思い、言葉を選びながら

「まあ、でも昔のことだから」と言い、続けて

「ほら、あいつとは1年しか付き合ってないんだよ、みーちゃんはもうすぐ2年」

と言いかけたところで、みーちゃんは彼にしてはなかなか珍しい声量で食い気味に、「でも大事なのは濃さだからっ」

と言った。そんなことないよ！　と言ってもそれ以上言葉が続かない気がして、私は静かに目を細めて、微笑みながら焼きパイナップルを食べ続けた。

ついこのあいだ、私はいつものように料理をしている彼の横に座り、酔っぱらった勢いで「正直、最初はそんなに好きじゃなかったでしょ、私のこと」と聞いてみた。彼は魚を捌きながら、あっさりと「うん」と答えた。自分で聞いておいて、私は少しショックを受けたが、勝手に「今は好きってことだ」と解釈してまたご機嫌になった。じんわりと温かいこの場所に、私はずっといたいと思う。

ふたりで熱海に旅行に行った朝、朝食にアジの開きが出た。私が前に「おじいちゃんは骨ごと全部食べる」と言っていたことを憶えていたらしく、私が気づいたときにはみーちゃんのアジは頭だけになっていた。「案外いけた」と歯を見せて笑う彼に、私はじんわり「好き」と思った。

笑って損した者なし

祖母に「女は愛嬌」と言い聞かせられて育った。

私はこの言葉が嫌いだ。小さい頃から、祖母は「女の子なのに」「女の子でしょ」という言葉を使ってよく私を叱る。6人いる孫の中で女の子は私だけだったから、みんなに混じって仮面ライダーごっこをしたり、エアガンで撃ち合いをしていた私を心配していたのかもしれないが、私はかなり早い段階でその言葉にアレルギー反応を示しており、事あるごとに「女の子じゃない!!」と喚いて暴れていた。家の壁に拳で穴を開けるという中高生男子さながらの所業もやってのけた。自分の性自認に疑問を覚えたことはないし、しっかり女の子なのだが。

「愛嬌なんぞ身につけてたまるか」という強い意志のもと、人の前ではいつも仏頂面。写真もしかめっ面。ママさんグループに可愛いと言われようものなら鬼の形相。心の中で「なめんなよ」と周囲を威嚇し愛嬌を全力で放棄した。

涼しげな塩顔であればクールな表情もサマになるというものだが、残念ながら私には陽気なアフリカ大陸の遺伝子がガッツリ参加している。成長するにつれて唇は厚く、目鼻立ちは派手になり、輪郭は丸く、最終的にサイパンのボージョボー人形みたいな顔になった。ボージョボー人形が真顔で歩いてたらめちゃくちゃ怖い。全然願い叶えてくれなそう。

真顔サイレントボージョボー人形のまま高校生になってしまった私は友達がひとりもできないまま高校を卒業し、ここでやっと「愛嬌は必要なのかもしれん」と考え始めた。放棄した愛嬌を取り戻すべく、大学生になった私はガールズバーの門を叩いた。ほとんど不採用だったが、物好きの店長が唯一採用してくれた恵比寿のガールズバーで働くことになった。

接点のないおじさんと数時間にわたって世間話をしなければならない。当時の私にとってはインポッシブルなミッションだったが、比較的落ち着いた客層の店だったこともあり、おじさんたちに「大丈夫？」「何か辛いことでもあった？」「元気出して？」とか心配されながら続けることができた。おじさんたち、私はこれでも元気です。あなたが思うより健康です。

そうしているうちに、私が笑うとみんなが喜んでくれることに気がついた。

「あ！　○○さんも笑ってるよ！」現象である。

それに、笑顔が綺麗だと褒められるようになった。私は口が大きく、笑うと目が細くなって左の頬にエクボができる。前歯は大きいが、母が矯正させてくれたので並びは悪くない。その崩れ方が真顔では想像しづらいらしく、笑顔を見た人はハッとするんだそうだ。仕事で採用される写真も笑顔の写真が多い。私の笑顔には需要があるのかと気づいた。私はクール系じゃなくて可愛い系だったのか。

それに気がついてから初対面の人には「こんにちは！　アワです！　可愛い系です！」と自己紹介している。「お前すごいな」と言われる。

笑顔でいると人が優しい。自分も人に優しくなれたようで気分がいい。子どもも話しかけてきてくれる。なるほど、おとこおんなに関係なく私には愛嬌が必要だ。私は明確に人が好きで、人から好かれたいんだから。

先日仕事で4歳の男の子と一緒に撮影をした。はじめての撮影らしく、カメラの後ろで大人がどれだけ呼びかけても俯いたまま固まっていた。

そりゃそうだ。4歳だし。

昔の私みたいだな、と思って「そうだよな、面白くもないのに笑えねぇよな」と話しかけた。君のその態度はとても健全だと伝えたかった。写真用の笑顔は慣ればできるようになる。でも、今のその気持ちはどうか大事にしてほしいと思った。私もそうしたい。面白くもないことで笑わない。でも全部を心から面白いと思えるようになろう。

首筋をチョンと突くと、その子は下を向いたまま恥ずかしそうに笑った。

モンスター

いつものようにエゴサーチをしていると、こんなようなポストを発見した。

「伊藤亜和？　幼少期に虐めを受けていた！　数年後、モンスターになるだろう？」

モンスターになるだろう？　私の脳内に、コーラを携えたスギちゃんが現れ、「ワイルドだろう？」と同じ調子でそう言った。この人はいったい誰に問うているのか。虐めを受けた覚えもないし、まるで出来損ないの人工知能のような、これを読んで気分を害したり傷ついたりするにはあまりに馬鹿馬鹿しい投稿だ。しかし、モンスターになるという〝予言〟については、正直そうかもしれないと思った。

数年を待たずして、私にはすでにモンスターの片鱗が見え始めている。

私はどこに行っても「おとなしい子」と評される子どもだったが、なにかをして叱られたり、勝負事で悔しい思いをすると、癇癪を起こして物を壊したり、いわゆる自傷行為にはしる子どもでもあった。いちばん最初の起爆剤は母が用意した家庭学習用の問題集だったと思う。私が問題を解く様子をつきっきりで見ていた母は、私の鉛筆が長い時間止まると、横から呆れたように「なんでこんなのもわからないの?」と言った。「どこがわからないの?」と聞かれても、何がわからないのかすらわからない。答えようもなく口をへの字に曲げ、傾げた首に涙が斜めに走って流れる感覚が蘇る。鼻水を啜る音だけの時間が続き、母が諦めて私のもとを離れると、私は答えと解説を見ながら、穴だらけの解答欄に赤ペンで答えを書いていく。算数の問題はとくに苦手で、解説を読んでも意味がわからないことがほとんどだった。意味のわからない数字や記号が混じった文章をそっくりそのまま書き写すという、このうえなく苦痛な作業。止まらない涙を垂れ流しにしながら、頭の中では誰かが「こんなこともできないお前は出来損ないだ」「お前は生きている価値がない」と言う。頭に熱い血が集まって視界が揺れる。

手に持っていた赤ペンを思いきり投げ、叫ぶ代わりに鉛筆で解答の上から何度も何度もバッテンを書く。紙が破れてグチャグチャになって、その下のスマイルマークが描かれた黄色いテーブルの表面を力任せに刺しまくり、それでも許されないような気がして、ちいさな拳で自分の頭をボコボコと殴った。そうしてやっとすっきりして、目の前の惨状を呆然と見つめる。私がこういう行動を取るのはいつもひとりのときだったし、ものを壊すとしても、冷静に私物を選んでやっていたので、誰も私が〝そういう子〟だということには気づいていなかったと思う。見てわかるところに傷があったりしたのなら話は違ったかもしれないが、その点私はタチが悪く、さっきのように頭を殴ったりどこかにぶつけたり、髪で隠れている首の部分や太ももの内側なんかを爪で引っ掻いたりして自分を罰していた。引っ掻いた部分がみみず腫れになってジンジンと痛むのを感じると、少し許してもらえたような気がして心が安らいだ。

誰にも止められたり心配されたりしなかったので、私はこの〝癇癪ムーブ〟を治すことができないまま成長していった。高校に馴染めない不甲斐なさで洗剤を飲んだり、大学の友達に叱られて、情けなさで居酒屋の隅で静かに根性焼きをしたり、奨学金の手続きがうまくいかず、頭にボールペンを刺して血だらけになったりした。頭から血が吹き出たときはさすがに冷静になり「こんなことはもうやめよう」と思ったが、結局追い詰められるとまた同じようなことをしてしまう。

母も父も、同じく癇癪を起こすタイプの人間だったが、私が彼らと違うところは攻撃対象が他者に向かないというところだった。母はキレるとペットボトルを投げつけてくるが、私はその場にペットボトルがあったら、迷わず自分の頭をしばく選択をする。私は父との喧嘩のときのように、先に攻撃を受けない限りは人に攻撃をしない。私がこれまで自分の癇癪をあまり深刻にとらえず、人に話すときも「オリンピックくらいの頻度でやっちゃう」と笑い話にできていたのはそのためである。痼癪が遺伝するのか、そういう科学的なことは知らないが、父も母も痼癪持ちなら、私がそうであるのは必然だと、どこかで諦めのような気持ちがあった。それに、ときどき自分でも引いてしまうような、そういう、狂気的に自罰的な部分、「絶対に自分を許さない」という自分に対する怨念のようなものが、自堕落な自分がなにかを成し遂げるためには必要だとも思っていた。

最近になって、ありがたいことに文章の仕事が増え、はじめての書籍が刊行されることになった。友人たちは私のデビューを自分のことのように喜んでくれて、なかばイジりの意味も含んで「先生」と呼んでくれている。ときどきモデル活動をしている謎のフリーターに突如作家という肩書きが加わり、私は人からの「なにをしている人？」という質問にさほどモジモジすることもなく、多少の自信を持って「作家みたいなやつです」と答えられるようになった。作家みたいなやつと名乗るようになって、私の心の中には「作家っぽく振る舞いたい」という、すこしエッヘンとした気持ちが芽生え始めた。振る舞いたいというか、私の中の作家っぽい性格が勝手に表に出はじめたような感覚だ。

私にはちいさい頃から、環境や期待されていることに合わせて無意識にお芝居をしてしまう性質がある。人によって見せる振る舞いの振れ幅が大きいのだが、決してわざとやっているわけでも無理をしているわけでもない。全部自分自身だと言えるゆえに、自分の性格がどんなものかと聞かれても答えに困ってしまう。きっと、誰にでもそういうところはあるのだろうけれど、私は自分に〝演出〟をつけることで、なんともない日々を楽しんでいるように思う。だから、作家と言われれば、私の身体は作家っぽく振る舞おうとする。そして、それは逆に言えば、もともと持っていた癖の中で〝作家らしい〟ものがあれば、それをひた隠しにしなくなるということでもあった。

読書経験の少ない私の安易な作家イメージは、気難しくて繊細で、人目もはばからず奇行をはたらくというような、現代にはもういないであろう昭和の文豪のようなものだった。私はほんの少しだけわがままになった。わがままと言っても嫌いなものを食べないとか、洋服を着せてもらうとか、お鍋をよそってもらうとか、その程度のプチお姫様的振る舞いにすぎない。十分に甘えられなかった長女の不足を「先生」という呼び声に甘えて補おうとしているだけなので、それは許してほしい。

問題は奇行のほうだ。生成された作家イメージと元来の癇癪持ちが相まって、私は感情の行き場をなくすところかまわず自分の頭を殴ったり、駅のホームにおでこを打ち付けるようになってしまった。おそらくは、「作家なのだから」「人よりもクリエイティブなことをしているのだから」多少変な目で見られても大丈夫、という油断とも驕りとも言える意識が自制心の縄を緩めてしまっているのだ。こんな場面を知り合いが見たら、私がおかしくなってしまったと思うに違いない。だが、実際私は前からおかしかったのだ。私はブレーキが壊れていくのを感じながら、このまま放っておけば、いつか自分に向けていた刃を人に向けてしまうかもしれないと怖くなった。

幼なじみの結婚式にリモートで参加した。ウェディングドレスを着て、幸せそうに笑っている彼女。その光景をラーメンを啜りながら眺め、私は考えた。私にもこんな日が来るのだろうか。こんな何をするか分からない女を、誰かが選んでくれるのだろうか。選んでもらったとしても、もしや私は自覚がないだけで、結婚したとたん夫にDVをはたらくような女に豹変するのではないのか。私も私の子どもに、ペットボトルを投げてしまうのではないか。これは呪いだ。なにかを失う前に、解かなければならない。

数日後、私は自宅から近い駅のメンタルクリニックの待合室にいた。以前から爆発を起こすたびに今度こそはと思っていたが、気持ちが収まるとけろっと忘れてしまうので、やっと今日はじめてここに足を踏み入れた。平日の昼間、問診票を書いて間もなくカウンセリングルームに呼ばれ、私はおそるおそる席に座る。カウンセリングをしてくれた先生はとても穏やかで優しく、私が過去の話をするたびに眉を下げながらうんうんと相槌を打ってくれた。父と母がどんな性格かという質問に対して、私は「父は人が離れていくような人。母は、人を寄せ付けないような人です」と答えた。我ながら言い得て妙だなと思った。イライラを抑える薬を処方してもらい、後日発達障害の検査も受けることになった。1週間ほど空けて受けた検査では、最初にいくつかの質問に答え、検査員の出すお手本通りにパズルを並べたりした。私の口はなぜか、いつもとは打って変わったような早口で、普段は出ないようなども り方で言葉を詰まらせながら話した。頭のどこかで、冷静な自分が「もっと普通に話せるだろう」とヤジを飛ばしていたが、なぜか口はうまく動いてくれない。こんな無意識の演出も、なにかの病ではないかと思えてきて、ますます自分がわからない。

それでも、きっと検査の結果は嘘をつかないはずだ。なにもない部屋で人と向き合いながらパズルを組み立てる不思議な時間。私はまるで、自分が特殊な施設で育てられた天才エスパー少年になったような気分で、賢そうに顎を撫でながらそれを並べた。もちろん、私は天才エスパー少年ではないので、うまくできなくて考え込んだり、頭を抱えたり黙ったりしながら、やっと検査を終えたのだった。検査結果はまだわからない。私がモンスターにならないために、なにかひとつでも手がかりが欲しい。私はきっと、いつか新しい家族を作るだろう。私は何の変哲もない、穏やかで優しい家族を作りたい。処方された薬を飲むと、身体に合わなかったのか、頭痛の副作用が出てしまった。

熱を帯びてぼんやりとした頭で考える。私はモンスターにはならない。優しい家族を作りたい。

「はっ」

去年、弟が二十歳にしてようやく高校を卒業した。中学を卒業し、最初に入った定時制の高校ではうまく馴染むことができず、単位が足りなくなってそのまま離脱。それから通信制の高校にまた入学しなおして、周りから2年遅れでやっと高卒の肩書を手に入れることができた。私は口を酸っぱくして「どこでもいいから東京の大学に行け」と言ったが、結局大学には行かなかった。今はモデル事務所に所属して、たまに仕事をしながら居酒屋でアルバイトをしているようだ。事務所に所属したばかりの頃こそ、いきなり有名ブランドの仕事が決まったり、雑誌の見開きに大きく掲載されたりしていたが、やはりそれだけで毎月十分にお金を得ることは今のところできていない。先にモデル活動を始めた私と同じように、ときどき都内にオーディションに行っては受かったり受からなかったりで、不規則な動きで日々を過ごしている。

私がこんなふうに職業不定でダラダラと小銭を集めてやり過ごしているのだから、弟にはどっしりと、どっしりとまではいかずとも、コツコツと堅実に家計を支えるような存在になってほしかったのだが、やはりそれは叶わなかった。パパも私も弟も、たぶん、こまごまとしたことは考えられないタチなのだ。怠け者で、一発ドカンと稼ぐようなことしか考えられない。〝親がそうだから〟というのはあまり言いたくはないのだが、こればかりはろくでもない思考回路が遺伝してしまっているとしか思えない。

以前「友人のお母さんの勤め先がたまたまパパと同じだった」ということがあった。お母さんは父のことを知っていて、名前を聞いたとたん、大声で「アイツ最悪。すぐサボるんだもん。」と言った。なんでも、彼女がパパのサボり癖を咎めて大喧嘩になったことがあるらしい。それを聞いた私と友人は手を叩いて大笑いしていたが、自分の父親が職場で嫌われているというのは、冷静に考えればなかなかにキツい。

最近の弟は、引きこもり同然だった以前の様子から比べれば、見違えるように活発になっていた。バイト先でもうまくやっているようで、お客さんに気に入られてチップを貰ったと自慢気に話してきたり、オンラインゲームで知り合った仲間たちと旅行に行ったり、朝まで飲み歩いて遊んだりしている。ママが言うには、ある朝玄関のドアを開けてみたらベロベロに酔っぱらった弟が地面にへたりこんでいたこともあったらしい。飲酒厳禁のムスリムのパパにそんな姿を見られたら、また警察のお世話になるような大騒ぎが起きるに違いない。弟は「見つかったりなんかしないよ」と言っていたが、私には容易に想像がつく。そう遠くない日、弟は私と同じ目に遭うことになるだろう。そして、弟も「パパと僕」なんてエッセイを書いて、ネットで話題になったりするのかもしれない。そんなことはたぶん起きないとして、コイツは一体これからどうやって生きていくつもりなんだろうか。

「はっ」

自分も同じ年の頃には大学仲間と馬鹿な遊びばかりしていたが、コイツはもう一応は〝社会人〟なのだ。

私は社会人という言葉が身震いするほど嫌いだ。〝社会〟という形のないものになんとなく放り込まれて、それになんとなく守られている大人に「社会人だから」と従わされそうになるたび、耳を塞いで「あーあー」と騒ぎたくなる。「社会人だから」と言われると、高校時代にブレザーを忘れて登校した私に「ブレザーがないなら授業は受けられない」と言った担任教師の顔を思い出す。理由を聞くと、担任は私に間抜けた顔で「決まりだから」と繰り返した。「どうしてそんな決まりがあるのか」と聞くと、また「決まりだから」と言う。理由を聞いているのに、理由の中身が存在しない気色悪さ。私は不良でもないのに「はっ」とふてぶてしく笑って、そのまま家に帰ってふて寝をした。社会人と聞くと、あのときの不快感が蘇ってくる。とにかく社会人という言葉が嫌いだ。しかし、他に説明する言葉がないゆえ仕方なく使っているうち、自分のなかでもだんだんと違和感がなくなっていったような気がする。私は一応、社会人。そして、現状の弟も社会人と呼ばざるを得ない。

先日、弟と一緒に仕事をした。依頼主は弟を気に入ってくれているようで、新しいコレクションができるたびに弟をモデルに使ってくれている。190センチある弟と並んでカメラの前に立つと、168センチの私はどうにもちんちくりんに見えているような気がして恥ずかしくなったが、モデルの先輩としてなんとか堂々と振る舞い、無事撮影は終了した。普段ほとんど会話をしないので、新宿から同じ横浜に帰るのはなんだか気まずく、私は適当な用事を作って電車をずらそうと考えていた。弟も姉と一緒に帰るのは嫌だろうと思っていたが、妙に馴れ馴れしく後にくっついてくるので邪険にもできず、タバコをねだられ渋々一本渡してふたりで吸ったあと、私たちは同じ電車で帰ることになった。

ふたりそろって電車に乗り込むとやはり目立つようで、私はとっくに鈍らせて

「はっ」

いた〝周囲からの視線による気恥ずかしさ〟というものを久しぶりに思い出した。並んで座席に座る。弟はスマホの充電を切らしてしまったらしく、所在なさげに宙を見ていた。どちらともなく何でもない会話をしてみるが、弟の大きな瓶に息を吹き入れたような低くこもった声は、ひとこと聞き取るにも苦労する。バイト先では気さくにやっていると言っていたが、この様子からは全く想像がつかない。前後の会話もうやむやにしたまま、私は「これからどうすんの」と言ったようなことを尋ねたと思う。弟は相変わらず抑揚のない声で「んー」と言ったあと「とりあえず家から出たい」と答えた。それから、VRのデザインに関わりたいとか、Vtuberの事務所を立ち上げたいとか言ったかと思えば、そのためにまずは自分が大手事務所に入ってVtuberになるとか、そんな雲を掴むような目標をぽつりぽつりと語り始めた。私は意識が遠くなった。堅実のけの字もない。とんでもない博打うちじゃないか。それを聞いて私が困ってしまったのは、彼の語る壮大な夢に、若者の痛々しさを感じたというよりも、私がこうして文章が評価される前の、ほんの少し前までの自分とほとんど同じ姿をみてしまったということだった。私が引いてきたみっともない轍の上を、弟はそれを姉がつけてきたものとも知らずに意気揚々となぞり歩いてきている。こっちに来てはいけない。私はたまたまどうにかなったかもしれないが、弟も同じようにどうにかなるとは思えない。

しかしそれでも、私は今にも自分の口から出そうになる「そんなのうまくいくわけないじゃん」という言葉を必死に抑え込んでいた。それは、自分が幼いころからママに言われてきた言葉だった。

なにかをしたいと言うたび、ママは私に向かってそう言った。小学校に入ったばかりのころ、新聞の広告欄に「キッズタレント募集！」という広告を見つけた。緊張しながら手汗でクシャクシャになった新聞紙をママに見せ「これやりたい」と言うと、ママは「はいはい」と返事をした。諦めきれずに「ここに、はがき送るんだって。写真、とって」ともういちど広告を見せると、ママはあの日ブレザーを忘れた私と同じように「はっ」と笑った。

「はっ」

「そんなのうまくいくわけないじゃん」とはっきり言われたかは正直憶えていない。それでもママの顔はそう言っているように見えたし、大人になるまで、何度もそんなシーンがあったのが頭に残っている。私が勝手にそう言われたように思い込んでいるだけかもしれない。でも少なくとも、私がやりたいことになんの否定もせず「いいね」とか「やってみなよ」と言われたことはいちどもない。それだけははっきり言える。

私はママになにも話せなくなった。弟も「家を出たい」とママに言えずにいるらしい。弟は私よりずっと甘やかされて育てられていたと思う。パパのいなくなった家で、弟はママにとってなくてはならない存在のように見えた。ママは弟が少しのあいだ寮に入ったとき、寂しさで十円禿げができたと私に笑いながら話していた。ママが私に見せる「うまくいくわけない」という態度と、弟に見せるそれとは、出てくるものは同じでも、その裏にあるのはたぶん、違うものなのだ。私

「はっ」

に対しては心配と、ほんの少しの嫉妬。そして弟には、心配と、失恋のような寂しさ。そんな気がする。全部、憶測でしかないのだけれど。

私は弟が大嫌いだった。7歳下のちいさな弟を、中学生の私は本気で憎んでいた。騒げばなんでも言うことを聞いてもらえて、何度も幼稚園や学校で問題を起こして家族を困らせていた弟が大嫌いだった。自分ができなかったことを平気でやって、それでもママに溺愛されていた弟。口もききたくなかったのに、ある日突然部屋にやってきて将来の相談をしてきた弟。私はぶっきらぼうに「東京に行って、もっといろんな世界をみたら」と言った。それから弟は妙に私に懐いた。ときどきこうやって、思っていることを私にだけ打ち明けてくれるようになった。

私は今なんと言ってやるべきだろうか。「こういう真面目な話できるやつ、あんまり周りにいなくて」と、弟は俯きながら言った。それから「アワがモデルやってなかったら、モデルなんか始めなかったし、恥ずかしいと思うこともやってみればできるんだって気づけなかった。今はすごく楽しい。もっといろんな人と話して、人のために生きたいって、俺はそれしかないなって、今は思う」電車の揺れる音にかき消されながら、弟は言った。偉そうに。私はひとしきりそれを聞いて「はっ」と笑った。それから「まあ、できることからやってみな」と付け加えた。今言えるのは、それだけな気がした。

撮影のワンシーン、依頼主からのリクエストで、私は地面にへたりこんだ弟を両腕で抱きかかえるポーズをとった。弟を抱きしめるなんて何年ぶりのことだろう。もうとっくに私の腕には収まりきらなくなった体を抱えながら、私たちは静かに頬を寄せ合った。

アワヨンベは大丈夫

2週間ほど前、週末の休みにどこかへ出かけようと思い立ち、いろいろと調べていると、代々木公園で「アフリカヘリテイジフェスティバル」が開催されるという告知文が目に入った。竹下通りにいる「彼ら」と関係があるのかは分からないが、あの近辺には、アフリカの人々のコミュニティのようなものがあるのだろうかと考える。

今年の4月あたり、代々木公園に花見に行ったときも、公園内の少し離れたエリアにはそれらしき人たちが集まっていた。彼らが着ていた鮮やかな服は、遠い昔、私のためにパパがセネガルから持ち帰ってきたそれによく似ていた。セネガルの人たちかもしれない。私はその中の誰かと話をしたくなり、少し遠くで立ち止まって、5分ほど彼らのほうを見つめていた。大人たちが輪になって、音楽を流しながら楽しげに体を揺らし、その足元を、ちいさい頃の私によく似た子どもたちが駆け回っている。ベンチに座っていた男たちが、長いあいだ立ち尽くしている私に気づいて、さっきまで交わしていた大声を潜めてコソコソと話をしはじめた。私はわざとらしくそっぽを向きながら「Hey, where are you from?」と呼び掛けられるのを待った。それから「シスタ、君もこっちへおいでよ」と誘われるのに期待した。しかし、彼らは私を見て訝しげな表情で数秒なにかを話した後、なんでもなかったようにまた元の会話に戻っていった。私はいつも通り、ストレートに伸ばした髪をおろして、暗い色のシンプルな服を着ていたから、同郷かどうか判断するには微妙なところだったのだろう。そもそも、国が同じだとしても、急に招き入れてくれるほうがおかしい。自分から話しかける勇気もなく、私は名残惜しげに何度も振り返りながらその場を離れた。

先月は、阿佐ヶ谷でアフリカンファッションショーがあると聞きつけて見物に行った。モデルを募集していると聞いて参加したいと申し出たが、事務所に所属していたため断られてしまった。ランウェイをはじめて歩くであろう人々が、緊張しながらも楽しそうに赤いじゅうたんの上を歩いているのを、私は少し離れた場所から眺める。背の高くて若い、セネガル人のモデルもいた。私のことを見つけた主宰者の女性が声を掛けてくれたが、気恥ずかしさで上手く話すことができず、私はショーがおわると同時にそそくさと立ち去った。

15年ほど前、パパに連れられて横浜のアフリカンフェスタに行ったことがある。赤レンガ倉庫の前の大きな広場にいくつものテントが立っていて、アフリカのそれぞれの国がアクセサリーや料理を出していた。パパはセネガルのブースに私を連れて行って、仲間たちに会わせてくれた。みんな大きな手で勢いのある握手を求めてきて「元気?」と何度も私に聞く。私は小さな声で「うん」と言うか、なにも言わずにはにかんだまま首を縦に振るのを繰り返していたと思う。左手で握手をしようとしたら「握手は、右手。左手はダメ」と言われて、私は恥ずかしくなって小さくなった。きっと、彼らのなかには私がまだ知らない決まりごとがたくさんあって、なにも知らない私は、そのうちなにかとんでもないことをして、こっぴどく叱られてしまうのではないか。そのうえパパが仲間たちから「どういうしつけをしているんだ」と責め立てられたりしたらと思うと恐ろしい。早く帰りたい。パパが仲間たちと話しているあいだ、私はセネガルのブースから離れて、目的もなくテントの隙間をさまよい続けた。セネガルのブースが見えるとまた踵を返して反対側に向かい、テントの立っていない場所まで行きつくと今度は落ち着かなくなって、またテントの群れのなかに戻っていくのを繰り返した。結局、私は楽しそうに話す父を遠くに眺めながら立ち尽くして、せわしないジャンベの音と歌声が響く広場で時が過ぎるのをジッと待っていた。

15年前も今も、私はなにも変わっていない。彼らとの関わりかたがわからないくせに、楽しそうにしている彼らを指をくわえて遠くから眺めている。日本人として扱われないことに孤独を感じて、自分の中からパパの文化、あげくにパパそのものさえも追い払って好き勝手に10年ほど過ごしてきたというのに、今になってヒップホップやファンクを聞きはじめたり「アフリカ」と名の付くイベントに顔を出してみたりと、自分でも何がしたいのかよくわからなくなっている。ネットに公開した「パパと私」が話題になってからはとくにそうだ。パパとの記憶を思い出して文章にしていくたび、私の中でほとんどいなくなったも同然だったパパの姿が、再び輪郭を帯びて私の近くへとやってくる。いや、私が近づいていっているというほうが正しい。私は一体、なにを望んでいるのだろう。

デビュー作が刊行されて、一応は「作家デビュー」ということになった。長年具体的な目的もなくフリーターをしていた私にとっては、少なからずの変化と言えるのではないだろうか。出版社からの取材、友人、お世話になっている人たち、みんな決まって「ご家族は喜んでいるでしょう?」と聞く。私は決まって「とくに」と返事をする。母は口に出さないだけで内心はそうなのかもしれないが、一緒に暮らしている祖父母には、本当に変化がないように見えているのだと思う。派手にテレビに出ているわけでもないし、今のところ派手に収入が上がったわけでもない。学校で読み書きの勉強の機会に恵まれなかった祖母の娯楽はもっぱらテレビだ。最近は、もともと不自由だった耳もさらに遠くなり、テレビドラマもほとんど雰囲気だけで楽しんでいる様子。渡した拙著は数ページ読まれただけでテレビの横に置かれていた。

祖母は、私が出かけるときにはいつも「仕事？　遊び？」と聞く。だいたい2日続けて「遊び」と答えると「最近遊んでばっかりね」と言われる。付き合いとか、仕事とも遊びとも言えないようなことがあるので、意味もなくのんべんだらりと遊び回っていると思われるのは心外だ。祖母には相変わらずボーっと生きているようにしか見えないかもしれないが、私だってそれなりに需要を獲得して、毎日奮闘しているのだ。私は狩ってきた敵の首を掲げるように、仕事で頂いた菓子折りを祖母に渡す。「私はでっかい会社からうやうやしいお菓子を貰える立場になったのだ」と、祖母に示す方法はこれしかない。

ある日、上等なきんつばを頂いた。帰っていつものように祖母に手渡すと、祖母は貰ったきんつばを指でつまんでネチネチとこねくり回しながら「これ高いのよね」と言った。貰ったものを値踏みするのは祖母の癖だ。悪気はないのだが、真っ先に物の価値が知りたいタチなのだ。こう言われたら、私はいつものように黙って商品名をグーグル検索するしかない。たしかにまあまあ高い。祖母はそれを聞いて「そうよ」と得意げになったあと、今度はきんつばの入っていた箱を持ち上げてまじまじと底を見た。それから「やっぱり、こういうのは賞味期限ギリギリになってから渡すのよね。しょうがないのよ、そう」と言った。

それは違う。きんつばはそもそも賞味期限が短い。決して、会社で余ったものを賞味期限間近に寄越してきたわけではない。これは出版社の大人が〝私のために〝買ってきたきんつばである。腹が立って、祖母が聞き取れるように大声で「そういうもんなんだよ」と言った。もともと声が低いので、大声を出すとどうしても怒ったような声になってしまう。実際怒っていたし、語気はいつも以上に強くなった。どうやら私は、普段大きな声を出さないせいで、大きな声を出すと、それを聞いた自分自身がびっくりして感情が高ぶってしまうらしい。苛立った勢いのまま「そういうふうにゴチャゴチャ言うのやめなよ」と続けた。祖母はそれを聞いて頭にきたらしく「知らないからしょうがないだろ」「こういうの食べたことないんだから」と怒鳴った。そしてそれきり、ぶすっと黙りこくってしまった。

祖母はずっとお金に苦労して生きてきた、親に捨てられ、奉公先で意地悪をされながら必死で生きてきたころの記憶が、祖母の性格に大きく関わっているのだろう。もっと言えば、祖母の時間はそこで止まってしまっているように私には見えることがあった。なにも欲しいと言わないし、どこにも行きたいと言わないし、何度価値のあるものを渡しても「こんなのははじめて」と言う。私は何度も祖母に贈り物をしてきたつもりなのに。いくら望みを叶えようとしても、祖母の顔はいつまでも晴れない。決して「今は幸せだ」とは言ってくれないのだ。この人は、最期までこんなふうでいるのだろうか。私はいちどだっていいから「いい孫を持った。私は幸せだ」と言ってほしいのに。
たかがきんつばで、居間の空気は最悪になり、私は食いかけのきんつばを握りしめてわざとらしく音を立てて自室に戻った。きんつばを床に叩きつけそうになったので、メンタルクリニックで処方された癇癪止めのシロップを飲んだ。想像していたよりずっと苦くて涙が出た。怒りは水を掛けられたようにサッと消えて、悲しみだけがボロボロとこぼれだす。泣きながらきんつばをむさぼるように食べた。私はどうしてこんなに取り乱しているんだろう。べつに、本人がそれでいいならいいじゃないか。

私は祖母に、家族になにを望んでいるのか。私はただ一緒に「美味しいね」と話したかった。それから「こんな美味しいものを用意してもらえるアワはすごいね」と言ってほしかった。そう、アワはすごいって言ってほしかった。私はただ、褒められたかった。私の家族は褒める言葉を持たない。褒める代わりに、鼻で笑ったり、他人の前でくさしてバランスを取る。家族のなかで、唯一私をまっすぐに褒めてくれていたのは、パパだけだった。

私はこのことに、今になってようやく気がついた。私が何かするたび「アワヨンベ！　すごい！」と小さな私を肩車して踊ってくれたのはパパだけだった。「アワはもっとすごくなる。頭がもっと良くなって、偉くなる」と、パパはいつも私を抱きかかえて言い聞かせてくれていた。今日この日まで蓄えておけるだけのたくさんの水を、私はあの日々の中で与えられていた。だから長い日照りも耐えることができる。私は大丈夫だと、すこしだけ信じることができる。私は今、パパに会いたい。あちこちに出向いてはパパの姿を探している。もしかしたらいるかもしれない。パパのことを知っている人がいるかもしれない。本当にいたら一目散に逃げだすくせに。会いたいなら、すぐ近くの家に行けばいいのに。私は遠い場所の人ごみの中にパパを探しに行く。「俺の娘はすごいんだ」と、きっとパパなら言ってくれる。そう思うと、私はまたしばらく大丈夫でいられる気がするのだ。

車の後部座席に乗って家を出ると、前からパパが歩いてきた。パパが車に気づいて、運転席の祖父に会釈をする。私は座席の下に潜って、ジッと息を潜めていた。

夜、歌舞伎町を歩いていると、前に背の高い黒人の男が立っていた。この辺りのにこやかに話しかけてくる他の黒人たちと違い、彼は鋭い目で真っ直ぐ前を見つめていた。彼は右側から歩いてきた私にちらと目をやってまた目線を戻し、そのまま私のほうに手を差し出した。私も手を差し出して、握手をした。どうせそのまま引き寄せられてナンパされると思っていたが、彼は何も言わないまま、手をすっと放して私を自由にしてくれた。大丈夫、と言ってもらえたような気がして、私はまた少し泣いた。

出ていきます！

私はこの家から出ていくことになった。

出ていくことに「した」と書くと、なんだかそこに強い決心のようなものがあるように見えるので、そうは書かない。いつのまにか出ていくことに「なった」というのが正しい。1か月ほど前、小学生のころからの友人を交えて、スーさんと3人で食事をした。去年の6月、Xに寄る辺なく漂っていた私の文章を拾い上げ、瞬く間に大勢の人々の前に押し出してくれたこのジェーン・スーという人物は、言うまでもなく私の恩人である。スーさんはまだ足元のおぼつかない私をしきりに気にかけてくれていて、その日も友人共々ごちそうになってしまった。

いつものように近況を話しながら食事をしていると、スーさんは酔ってヘラヘラとしている私に真剣な顔で「引っ越しだね。今年中に引っ越そう」と言った。今年中って、あと3か月しかないじゃないか。27歳にしてようやく収入が安定してきたばかりの私は、自分がひとりで生活をしていくなんて、もっとずっと先のことだと考えていた。先のことどころか、それは違う星で私に似ている宇宙人かなにかが勝手にするかもしれないことだと思うくらいの他人事だった。きっと、見たことのない生き物の姿煮を目の前に持ってこられて「食べなさい」と言われたとしても、私は同じような反応をしただろう。私は「うーん」とか「まあ、落ち着いたら」とか、そんな聞いているようで聞いていないような曖昧な返事をしてその場をごまかした。

正直に言えば、私は少し腹が立っていた。引っ越しなんてそんな急に言われても、私に出ていかれたら、一緒に住んでいる祖父母はいったいどうなってしまうのか。きっとみるみるうちに憔悴して、生きる気力を失ってしまうに違いない。

今の祖母の生きがいは私を叱ったり世話を焼いたりすることで、祖父は帰ってくる私を車で迎えに来る時ぐらいしか書斎から出てこない。ふたりとも、私と話す以外はほとんどテレビの前に座ってボーっと過ごしている。そんななかで私がいなくなったら、彼らの寿命が縮まってしまうような気がしてならない。ママはきっと寂しがることはないだろうけれど、彼女の働き方が変わらないかぎり、いずれ経済的に支えなくてはならなくなるような状態で、祖父母の世話をする余裕はなさそうに見える。弟も頼りないし、パパともいまだに冷戦状態だし、彼の年齢的にいつまで日本で働けるのかもわからない。とにかくこの家の問題はまだなにひとつ解決しておらず、私はそれをどうにかしないかぎりはこの家から出ていくことなんてできない。今年中なんてとんでもない。それに私はひねくれているから、引っ越ししろと言われたら、ますます引っ越したくなくなってくるのだ。なんでもかんでもスーさんの言うとおりになんてするもんか。私は反抗期の子どものように心のなかで悪態をついた。

家に帰り、シャワーを浴びてから寝るか迷いながらなんとなくスマホをいじる。そのあいだも頭の片隅では、スーさんが「引っ越しなさい」と囁いていた。一緒にいた友人は、帰りぎわに「ホームズがいいよ」と呟いて去っていった。ふたりしてなんなんだ。引っ越しなんてするもんか。そう思いながら、物件探しのアプリをインストールしてみる。ちょっと見るくらいなら良いだろう。場所は渋谷の近くならいいな。ユニットバスは絶対にいやだ。デザイナーズのおしゃれな築浅か、そうでないなら思いきり古めかしいところがいい。引っ越さないけどな。松濤か。憧れの松濤、いいな。

2日後、私は不動産屋にいた。

「収入が不安定なので、審査が心配です」という私に、長いネイルの気さくなお姉さんは「たぶん大丈夫です！　審査通りやすいところ、ご紹介しますね！」と明るく応じてくれた。私が住みたかった松濤のマンションは審査が厳しいらしく、私は渋谷周辺で別の物件を探すことにした。お姉さんと3時間ほどあーでもないこーでもないと話し合って、ようやく見つけたのは渋谷から二駅ほど離れた場所のデザイナーズマンションだった。さっそく内見の予約をし、週明けに行くことになった。

「去年の年収で審査が通るかは五分五分ですけど、通ると思いますよ！　だって伊藤さん、ググったら出てきますし！」

ググったら出てくることにそれほど価値があるのかはわからないが、審査会社にプロフィールのスリーサイズまで見られるのかと思うと、少し面白くなってしまった。当日、最寄り駅から賑やかな商店街を抜けて、しばらく歩いたところにあるマンションに着いた。エレベーターはないが、4階なのでそれほど苦には感じない。コンクリートが打ちっぱなしの階段に、窓から明るい日差しが差し込んでいた。部屋は6畳の1Kで、なぜかトイレが異様に広い。大学生になるまで自分の部屋を用意してもらえなかった私は、トイレに籠ってサザエさんの漫画を読んだり、歌を歌ったりするのがなにより好きだった。マンションで歌は歌えないということに気がついて、やっぱり引っ越すのはやめようかとも思ったが、ちいさなバルコニーがついた大きな窓が魅力的でしかたがない。内見と言ってもなにをしていいかわからず、床に横になってみたり、浴槽のなかで体育座りをしたりして時間を稼いでみる。この部屋にはなんの不満もなくて、すぐにでも「ここにします」と言いたかったのだが、思慮の浅い奴だと思われるのがいやで、私はしばらく悩んだふりをしてから「こんな簡単に決めちゃっていいんですかね」と言い、申込書に名前を書いたのだった。帰りに立ち寄った駅前の書店には、私の書いた本が「おすすめ！」というシールとともに面陳列で飾ってあった。いい街だと思った。

「一人暮らしをする」と言ったときの祖母の反応は、おおむね予想通りのものだった。祖母は私を「なにも知らないのにひとり暮らしなんてできっこない」「家賃はどうやって払うんだ」「洗剤の量も知らないくせに」とひととおりなじったあと、ぷいと顔を背けて黙りこくってしまった。少し前なら、私も強く言い返してさっさと部屋に戻ってしまっただろうけど、もう一緒に過ごす時間も少なくなってしまった以上、余計な喧嘩はしたくない。私は「さびしいっていえばいいのに」と言って、しばらく一緒にテレビを見続けた。祖父はその様子をみて「心配なんだろ」と言ったきり、なにも話さなくなってしまい、それ以降引っ越しの話題が出ても、まるで何も聞こえなくなったように下を向いてしまった。本当に出ていっていいのだろうか。審査が通らなければまたこれまで通りここで暮らそう。きっと通らないし、通らなければいいとさえ思った。祖父が庭で育てているメダカが急に愛おしくなって、私はメダカが入っている火鉢をずっと眺めていた。引っ越しが決まったら何匹か連れて行こうか。でも、きっとメダカにも家族がいて、離れ離れにしてしまうのは可哀想なようにも思う。水面に指を近づけると、メダカたちは逃げもせずに集まってきて私を見た。離れたくないなぁ。でも、離れるなら、きっと今しかない。

週末にみーちゃんに会った。いつ切り出そうかと迷いながら、できるだけ今思いついたように「そういえば、引っ越すんだよね」と言ってみると、みーちゃんは明らかに動揺したようすで「えっ……どうして……」と言った。彼がなにに対して「どうして」と言ったのかはよくわからないが、わたしなりにこの「どうして」を解釈すると「そろそろ一緒に住もうかなと思ってぼちぼち広い物件を探していたのに、どうしてこのタイミングで一人暮らしをしようなんて思い至ったんですか」といったところだろうか。言ってはいないが、みーちゃんの言う通りである。私も「家を離れるなら同棲」と思っていたから、自分でもよくわからない。「でも引っ越しまだでしょ、転職するって言ってたし」と言うと、みーちゃんはキリっとした顔で「いや、僕はいつでもいけますけど」と言った。うそだ。それからしばらくは「まあ、一回くらいしたほうがいいよね」とか「アワちゃんのおじいちゃんおばあちゃん、寂しがるだろうな」とか、ブツブツとなにか言っていた。みーちゃんはなんだか、うちの祖父母を足して2で割ったような性格をしているなと最近思う。心配性で不器用で優しくて、ときどきデリカシーがなく、魚の目玉なんかを好んで食べたりする。私がこの人といて安心するのはそういうことなのかもしれない。数日後、物件の審査が通ったという連絡が来て、みーちゃんは「よかったね、よかったね」と言って私の頭を撫でまわした。アグイーは私の顔をなめてくれた。私への今年の誕生日プレゼントは、冷蔵庫に決まった。

引っ越しまであと1週間、今日は家賃の口座振替の登録が上手くできずに苛立ってしまった。ママにはまだ直接引っ越すことを伝えていないけれど「アワが引っ越すと聞きました」とリンゴの絵文字付きのＬＩＮＥが届いた。パパにはもう伝わっているのだろうか。まだなんの荷造りもできていないこの部屋から、私はきっと少しずつ荷物を運び出し、さりげなくいなくなっていくのだろう。それは他でもなく、私にまだ「さようなら」と言う勇気がないからだ。誰のためでもなく、私は家族と離れることが寂しいのだ。それでも私はこの家から出ていく。誰のためでもなく、私自身のため、いつか新しい家族を作るために、ひとりで生きてみたいのだ。

さようならみんな。私、出ていきます！

あとがき

占い師と付き合っていた頃、こんなことを言われた。

「アワちゃんは2歳から22歳まで、20年の大殺界だったんだね。しんどかったでしょ」

20年間の大殺界。小さな足でちゃぶ台につかまって、どうにかこうにか立ち上がった私の頭の上には、早くも暗澹たる運命がのしかかっていたらしかった。なんてひどい話だろう。そのことを思えば、私の人生はつい数年前からようやく始まったのだと言えるのかもしれない。占い師は続けた。

「これからアワちゃんが幸せになる方法はただひとつ。これまでの20年間のことを全部忘れること。辛かったことにしがみつかずに、全部放って前を向いて、新しい人生を生きるんだよ」

全部忘れる？　そんなことができるのだろうか。忘れるべき20年間を思い返してみると、本当にいろいろなことがあった。両親の離婚、容姿に悩む日々、馴染めない学校、いくつかの恋愛、大学受験、はじめての水商売、そして大失敗の就職活動。「しんどかったね」と他人に言われてみればしんどかったような気もするが、ほとんど生まれたときからしんどいらしい人間からしてみれば、それはもはや、ただの日常と呼ぶしかないものである。もし両親が離婚せず、十分にコミュニケーションがある円満な家庭であったなら、私はこんなふうに辛気臭い性格にはなっていなかったのかもしれないし、はじめての彼氏にぞんざいな扱いを受けていなければ、もっと自分を大切にして生きていたのかもしれない。就活も普通に成功して、物書きなんかにはならず、安定した生き方を選んでいたのかもしれない。文章を通して淡々と映し出しているように見える場面たちも、裏を覗けば配線コードはぐちゃぐちゃで、今さらどこをどうすればよかったのかなんて見当もつかない。全部なかったことにしたとして、それからの私は私だと言えるのだろうか。

最近、自分の手の大きさが気になっている。もともとあまり好きではなかったが、いつもデスクワークで疲れている恋人の肩をマッサージするようになったこの頃は改めて「かわいくない手だな」と考える時間が増えてきた。この手は私を抱き上げていたパパの大きな手によく似ている。私の頬を叩いたパパの手のゴツゴツとしたその形が、今はそっくりそのまま私の目の前にある。ママに似た横顔、祖父に似た静かさ、祖母の作ってくれた栄養のある食事で私はできている。私はまもなくここからいなくなる。それでも、私がこの身体で私でい続けるかぎり、この家族と一緒に生きてきたことを忘れることはないだろう。ずっと一緒に、これからも生きていくと思う。

物語のおわりに、この本に関わってくださった皆さまに感謝を述べたい。

「パパと私」が話題になる前から私の文章を読んでくださり、いち早く連載のお話をくださった晶文社の安藤聡さん。「アワヨンベは大丈夫」を書く場所を用意していただいたおかげで、たくさんの方に読んでもらえる幸せと緊張感を知りました。すべて私の希望通り話を進めてくださり、自由にやらせていただいたのにも関わらず「安藤さんは神保町から動かない」などと嫌味を言ってすみませんでした。それを聞いた安藤さんはいつものようにフフフと笑っていましたので、べつに気にはしていないとは思いますが、一応謝っておきます。ともあれ「アワヨンベは大丈夫」の連載を通して、私はこれから書いていく覚悟のようなものが少しだけ備わったような気がしています。そして、デビュー作『存在の耐えられない愛おしさ』から間を空けずにこの本を刊行することができたのは、安藤さんをはじめ、校正のみなさま、ブックデザイナーの名久井直子さんがきわどいスケジュールを粛々とこなしてくださったからにほかなりません。私の筆が遅いせいで大いにご迷惑をかけてしまった分、たくさんの人にこの本が読まれることを願っています。

表紙と挿絵を書いてくださった我喜屋位瑳務さん。我喜屋さんとは2年ほど前にはじめてお会いしましたが、それ以前からファンだった私は、まさか自分の本のイラストを我喜屋さんが描いてくださる日が来るとは夢にも思っておりませんでした。我喜屋さんが深夜にインスタグラムに載せている力の抜けた自画像が大好きで、今回のイラストもぜひそのイメージで描いてほしいとお願いさせていただきました。限られた時間でこんなに素敵な絵を仕上げてくださり、本当に感謝しかありません。我喜屋さんと真夜中にイメージを持ち寄ってできたこの本は、私にとって一生の宝物です。

そして、今回帯文を引き受けてくださった山田詠美先生。数か月前、先生からヒステリックグラマーのシールがついたお手紙をいただいたとき、私はその手紙をバンザイのように掲げながら母のところへ走って向かいました。憧れの詠美先生が、私たち親子のことを知ってくださったという事実は、なんだかもう「私の使命は終わった」と思えてしまうほど光栄なことでした。帯文の「寄る辺ない」という言葉を拝読し、私のこれまでは、まさにこのひとことで表すことができたのだと、胸がいっぱいになったのを憶えています。私は、自分のこれからの人生もきっと寄る辺ないものになるのだろうな、と予感しながら、せめて書くことだけは自分の居場所となるように励んでいきたいと思います。いつかお目にかかれる日を次の目標にして、これからも精進してまいります。

忘れる代わりに言葉になって、今日この本を読んでくれたあなたのもとで、また新しい物語に生まれ変わっていけますように。私もあなたも、もう大丈夫。

伊藤亜和

初出

オール・アイズ・オン・ミー／私を怒鳴るパパの目は黄色だった／宇宙人と娘／ママの恋人／セイン・もんた／Nogi／竹下通りの女王／ウサギ小屋の主人／ごきげんよう／モンスター／アワヨンベは大丈夫
●晶文社スクラップブック

文才って／ハムスターの心臓／いれもの／アヒルの子／小さいバッグとは人間に与えられた赦しである／26歳／人のパラソルを笑うな／MUMMY & AMY SAYS／笑って損した者なし
●著者のnote

ジジ／死んでいく／陽だまりの季節／「はっ」／出ていきます！
●書き下ろし

著者について
伊藤亜和（いとう・あわ）
1996年横浜市生まれ。文筆家。学習院大学文学部フランス語圏文化学科卒業。noteに掲載した「パパと私」がX（旧Twitter）でジェーン・スー氏、糸井重里氏などの目に留まり注目を集める。初の著書は『存在の耐えられない愛おしさ』（KADOKAWA）。

アワヨンベは大丈夫《だいじょうぶ》
2024年11月25日　初版

著者　伊藤亜和
発行者　株式会社晶文社
東京都千代田区神田神保町1-11　〒101-0051
電話　03-3518-4940（代表）・4942（編集）
URL https://www.shobunsha.co.jp
印刷・製本　中央精版印刷株式会社

ISBN978-4-7949-7452-5 Printed in Japan